FÁBULAS

DE LA FONTAINE

100 ilustraciones de
GUSTAVO DORÉ

EDIMAT Libros
Ediciones y Distribuciones Mateos

EDICIÓN ESPECIAL PARA:
Ediciones y Distribuciones Promo Libro, S.A. de C.V.
Sugerencias o comentarios, por favor escriba a la siguiente dirección:
promolib@prodigy.net.mx

Copyright © EDIMAT LIBROS, S. A.

ISBN: 84-9764-098-5
Depósito legal: M-35008-2002

Comentarios de las ilustraciones: Francisco Caudet y Mª José Llorens
Diseño de cubierta: Juan Manuel Domínguez
Impreso en: COFÁS, S. A.

IMPRESO EN ESPAÑA – PRINTED IN SPAIN

FÁBULAS

Jean de la Fontaine

PROLOGO

Jean de la Fontaine, uno de los más insignes fabulistas (y poeta) que Francia le ha dado a la literatura universal, vino al mundo en Château-Therry (Champagne), en 1621, falleciendo el año 1695.

El primer libro de sus *Contes* (1664) tuvo una calurosa acogida y le aseguró el favor de Jean Baptiste Poquelín (Molière), Racine y Boileau, con los cuales formó el famoso cuarteto de la Rue du Vieux Colombier. En 1672, invitado por madame de la Sablière, rectora de uno de los más brillantes cenáculos parisinos, a establecerse en su casa. Residió en ella hasta la muerte de su protectora (1692). Mientras tanto, su fama fue *in crescendo,* con la publicación de un segundo libro de *Contes* y la de los seis primeros de sus *Fables* (1668). Diez años más tarde apareció una segunda serie de fábulas, con un encomio a madame de Montespan, y en 1694 el volumen final, dedicado al duque de Borgoña. Los licenciosos (picarescos) *Contes* representan una degradación del talento poético de La Fontaine. Las fábulas, sin embargo, además de ser un claro exponente de su notable virtuosismo técnico, se distinguen por el elevado tono moral que de ellas se desprende, presentando asimismo una concepción realista de la naturaleza sin paralelo en la literatura francesa del siglo XVIII.

La Fontaine fue, sin duda, un personaje controvertido, polémico –lo que en lenguaje actual llamaríamos un hombre con *carisma*–, inquieto y heteróclito en todas sus formas de expresión y manifestación. Tanto sus contemporáneos como sus biógrafos hablan de un La Fontaine ingenuo, perezoso, soñador, distraído, independiente, indolente, voluptuoso, inquieto, melancólico... Abanico variopinto y pluralista ese, muy difícil de reunir en una misma persona. Incluso en vida, sus amigos, de manera afectuosa, censuraban aquel puñado de defectos o alababan aquel compendio de virtudes, con estos textos que reproducimos en versión original:

La Fontaine est un bon garçon
Qui n'y fait pas tant de façon.
Il ne l'a point fait par malice.
Belle paresse est tout son vice...

Se dice de él que en treinta y cinco años de labor poética nunca escribió más de una página por semana. Monsieur Hippolyte Taine había dicho en cierta ocasión: *Se ha descubierto una de las primeras versiones y se ha comprobado que la fábula definitiva sólo conserva dos estrofas del esbozo original.* El propio La Fontaine admitía que: *fabrico mis versos a fuerza de tiempo.* André Gide (escritor y crítico francés, 1869-1951), confesó textualmente que ni una sola fábula de La Fontaine, *contiene una palabra de más, ni un aspecto ni un motivo de diálogo que no sea revelador... Es un «objeto» perfecto.* Un comentario ciertamente magnífico que define la obra del genial fabulista, sin que, valga la redundancia, se necesiten más comentarios.

Hecha esta somera síntesis biográfica de Jean de La Fontaine, pasamos al contexto del presente volumen, que sólo ambiciona ofrecer a los lectores una pulcra y cuidadosa selección de la obra de este insigne fabulista, realzada e iluminada con los sensacionales grabados del genial Gustavo Doré.

Es nuestro deber advertir que, por limitaciones de espacio, nos hemos visto obligados a extractar algunas fábulas, respetando eso sí, en tales casos, la esencia y moraleja de las mismas. También les significamos que se ha respetado la traducción en verso hasta donde ha sido posible, ya que no siempre cabe mantener la pureza original dadas las distancias y diferencias idiomáticas. No debe pues, extrañar, que unas fábulas mantengan la estructura del verso mientras otras aparecen traducidas en prosa.

No obstante tenemos el convencimiento de haber trasladado al lector toda la profundidad y el mensaje que encierra la mundialmente aplaudida labor de Jean de La Fontaine.

María José LLORENS CAMP
Francisco CAUDET YARZA

FABULAS
E
ILUSTRACIONES

LOS MEDICOS

El doctor Fulano de Tal fue a ver un enfermo
que el doctor Fulano de Cual, visitaba. Dos eruditos.
Este creía salvarlo: Lo mismo daba, porque a sus abuelos
a causa de aquel mal pronta compañía ofrendaba.
No habiendo acuerdo para establecer panacea,
pobre enfermo, tributo hubo de pagar a la Natura
luego de hacer caso al escéptico Fulano de Cual.
Pero ambos galenos triunfaron sobre la dolencia.
Uno decía: «Estaba previsto: la defunción era segura».
Y el otro aseguraba: «De haberme hecho caso, aún viviría».

EL JUEZ ARBITRO, EL HOMBRE DEL HOSPITAL

Y EL SOLITARIO

Tres santos varones celosos todos ellos de salud eterna,
con idéntico espíritu, persiguiendo un mismo final,
se encaminaron juntos por tres senderos distintos:
todos los caminos conducen a Roma; nuestros protagonistas
decidieron hacerlo por diferentes rutas.
Uno de ellos, muy afectado por las cortapisas
y obstáculos que coartaban Procesos y Atestados,
ofrecióse como árbitro, renunciando a beneficios,
e indiferente a las ganancias inherentes a los juicios.
Desde que se observan Leyes, el hombre, por sus bajezas,
anda media vida con la cabeza inclinada.
¿Media...? Tres cuartas partes, o toda, cabeza abajo.
El segundo de los tres Santos eligió los Hospitales.
Pensando que la tarea de dedicarse a los enfermos
era una caridad muy superior a las demás.
El tercero decidió escoger la soledad,
como idónea catedral en la que meditar sobre su
quehacer y actitudes vividas.
Por lo que se dice no acompañó la Fortuna a los dos
primeros Santos, y obligados a dejar las labores elegidas,
fueron a contarse sus penas en la paz de un valle umbrío.
Al amparo de la sombra de unos frondosos arbustos,
al abrigo del viento y el sol,
encontraron al tercer Santo: y le pidieron consejo.
«En vosotros mismos, por instinto, el consejo debe hallarse.
¿Quién mejor que cada uno sabe lo que le conviene?
Aunque no me importa deciros que es un precepto cabal
que se conozca a sí mismo, cada uno, cada cual;
porque tal conocimiento comporta sabiduría,
salud y ecuanimidad, e incluso cierta ventura.
¿No habíais querido aprender, mis amados hermanos,
en los fragores humanos...? El mundo está donde está,
pero aprender de verdad, es secreto que revela la
profunda soledad. Sólo se puede aprender intimando
el pensamiento... Buscar tal bien donde hay bulla,
como vosotros ya véis, trae consejo al mortal
de que huya, de que huya, buscando la soledad.
Para mejor estudiaros del desierto no os mováis».
Así habló el Solitario.
Y su consejo aceptaron, porque no hay más realidad
que la que el hombre descubre meditando en soledad.

EL ZORRO INGLES
A Madame Harvey

El buen corazón es en vos el compañero del talento,
junto con otras muchas cualidades:
una gran nobleza de espíritu, un gran sentido que
os guía en todas vuestras manifestaciones y quehaceres,
todo ello, junto al don de ser amiga, amiga franca y sincera.
Tanta perfección merece un elogio grandilocuente,
pero sé que la voluptuosidad, aun cuando literaria,
es algo que a vos no complace.
Por eso mi elogio será breve, que lo breve, dos
veces bueno. Mas, pensando en vos, querría aquí conjugar
una o dos cosas en loor de la patria que vuestro corazón ata.
Profundo es el pensar de los ingleses y de acuerdo está
con su espíritu y temperamento.
Y no me tientan los elogios ni el tono adulador.
Porque sobre cualquier mérito los vuestros prevalecen;
y hasta los perros de caza ingleses
tienen un olfato más sutil que los nuestros,
y los Zorros son más finos y elegantes.
Os hablaré de uno de éstos, de uno solo, De aquel
que por salvar la piel, utilizó hábil ardid
delante de su adversario; ardid jamás puesto en práctica
en mil casos semejantes.
El malvado, dispuesto a un acto temerario
y casi ya cercado por perro de buen olfato,
pasó muy cerca del estrado patibulario.
Animales de rapiña juntos y al acecho;
Raposas, lobos, tejones, y muchos otros depredadores,
colgaban de la soga para servir de escarmiento a quienes miraban.
Acorralado nuestro Zorro, se colgó entre los difuntos.
Me parece ver a Aníbal aventajando a los romanos
que lo acosaban, engañándolos a todos;
así fue la maniobra del viejo Zorro.
Alguno de quienes le perseguían, sentenció:
«Debe haberse puesto a cubierto,
mis perros ya no ladran. ¡Ya volverá el sinvergüenza!»
Vuelvo a vos señora mía, para deciros
que todo elogio en vuestro favor, en pro de vuestra
inteligencia,
no pasa de ser un tímido esbozo, lejano a la realidad,
que no trasciende más allá de los cantos de mi lira.
Pocos versos míos y escasos cantos
para un exceso de gracia, como se da en vuestro caso,
ni colman a los humanos
ni las fronteras traspasan.

EL ZORRO Y LOS PAVOS

En defensa de los ataques de un Zorro hambriento
un árbol a unos pavos servía de fortaleza.
Habiendo dado el pérfido cazador una vuelta al baluarte,
y viendo alerta a sus posibles víctimas, exclamó:
«¿Se burlan de mí aquellos de quienes podría ser rey?»
Viendo que sus bravatas indiferentes dejaban a las gallináceas,
optó por la vía de la seducción, haciendo piruetas,
alzándose sobre dos patas,
haciendo ver que reptaba por el tronco;
incluso se hizo el muerto, el resucitado...
Jamás un arlequín o un *clown,* tal gama de variedades
sobre un escenario desplegaron.
Movía la cola a su antojo trazando con ella
divertidas figuras, multiplicaba contorsiones y posturas,
mientras que ninguno de los pavos cerraba un solo ojo.
Pero su enemigo proseguía la sibilina tarea de obligarles
a tener la mirada fija en él, lo que poco a poco les cansaba.
Pobres aves, poco a poco seducidas, a la larga fascinadas.
Y la perseverancia del hábil Zorro logró que aquéllas
fuesen cayendo; tantos de hipnotizados,
tantos de caídos, y tantos al saco.
Ya tenía éste medio lleno.
Hacer demasiado caso del peligro
tratando de no perderlo de vista,
a menudo nos lleva a caer en él.

EL BOSQUE Y EL LEÑADOR

Un leñador acababa de perder el tronco
con el que se servía para sus tareas,
y no siendo capaz de encontrarlo,
se encaró con el Bosque que le circundaba.
Humildemente, su cólera dominada, pidió al Bosque
que le permitiese, con cuidado y miramiento,
arrancar una sola rama
para conseguir disponer del mango que le faltaba.
Iría a ganarse el pan por otros lares,
dejaría sin cortar robles y abetos,
de los cuales admiraba su senectud galana.
El Bosque, candoroso, le brindó la madera que suplicaba.
Pero en siendo satisfecho su deseo,
promesas echó al olvido el engañoso leñador y
reanudó de inmediato su quehacer tan destructor.
De esta guisa en muy cruel convierten al Mundo
los humanos, sirviéndose de favores para volverse
contra sus hermanos.
Trátase de una actitud que con pesar me incomoda,
abusos e ingratitud, es claro como la luz,
jamás pasarán de moda.

EL AMOR Y LA LOCURA

Todo es misterio dentro del Amor,
Flechas, carcaj, Adolescencia.
No basta un día de fervor
.para agotar esa ciencia.
No pretendo ciertamente explicarlo todo aquí.
Tan solo explicaré según entiendo
como este ciego que aquí véis (es un Dios),
se vio sorprendido por la ceguera;
que curso siguió ese mal, que puede que sea un bien,
y para ello tomo por juez a un hombre enamorado,
y no lo decidiré.
La Locura y el Amor juntos jugaban un día,
aún conservando los ojos el enamorado.
Se produjo una disputa, siendo pretensión del Amor
que los Dioses dictasen sentencia.
Perdió la Locura el control
y envuelta en la violencia golpeó
con contundencia y brutal desasosiego
dejando al otro bien ciego.
Venus, con su pujanza, pidió al instante venganza.
Que es madre y mujer sus gritos lo dejan entrever.
Los Dioses, confusos y aturdidos,
Zeus y Némesis reunidos,
con los jueces del olimpo, justos y siempre prudentes.
Venus planteó el caso.
Sin bastón su hijo no puede dar paso.
Para un crimen tan horrendo no se conoce la pena
si es el caso que para castigarlo
basta una sola pena.
Y además el daño dado, exigía ser reparado.
Una vez a fondo considerado tamaño desaguisado
la sentencia de aquella corte madura fue
condenar a la Locura por siempre y sin apelar
a su enemigo el Amor por el mundo acompañar.

EL AGUILA Y LA GARZA

Reina el Aguila del aire, junto a la charlatana Garza,
tan distintas en su humor, en su lengua y su espíritu,
e incluso en su vestir,
juntas, y casi al unísono, en igual rama ambas sus garras posaron.
El azar las reunía en un lado solitario.
El miedo sacudió a la Garza y sus motivos tenía
pues no era halagadora la inesperada compañía.
Pero el Aguila que su apetito ya había saciado,
quiso tranquilizarla y dijo: «Acompáñame doquier que vaya.
Si el Dios de los Dioses de aburrimiento con frecuencia
se fatiga, el que gobierna cielo y tierra,
¿por qué no me ha de ocurrir a mí que con menos poder cuento?
Olvídate de temores y distrae mis sinsabores».
La garza ya esperanzada y pensando que era mal menor
ofreció de su cosecha lo máximo y lo mejor.
Garla que te garlarás, historias, cuentos y fábulas,
ocurrencias y aventuras, no paraba de contar.
Hablaba de esto, de aquello, de todo lo que recordaba.
Horacio hablando del bien, de mal habría quedado corto,
tanto se exaltó la Garza y fue tal su vehemencia,
que hizo incluso advertencia de tragedias y peligros,
volando de rama en rama, saltando de nido en nido.
Dios sabe que es buena espía, mas eso al Aguila contraría
y en rapto de irritación grita con indignación:
«No abandones tu aposento, charlatana. Que me huele
que mientes más que hablas».
No es bien ni después ni antes
convivir con los gigantes, porque hace falta la suerte
para conseguir que nuestra gestión acierte.
Espías, flojos de lengua, gente dicharachera,
graciosa y conservadora,
no es garantía que encante a la callada interlocutora.
Porque pretende sonrisa y hasta aprobación,
consiguiendo a veces odio y encender irritación.
Cierto pese a todo es, que lo mismo que a la Garza,
conviene en ciertos lugares o en algunas ocasiones,
hoy actuar de leones, mañana de gatos mansos.

EL CIERVO ENFERMO

En pleno país de los Ciervos, en cierta ocasión
uno de ellos de gravedad enfermó.
Los colegas de camada, acudieron en su auxilio,
si bien tal solicitud, en olor de multitud,
llegara a ser incordiante.
«¡Eh, camaradas, no arméis tanto alboroto,
dejadme morir devoto, pues la Parca a su manera
me invita a finalizar esta vida que es quimera».
Mas poco caso le hicieron, arreciando en grito
y llanto, pensando aquellos señores con viva pena
y espanto, que de su fiel camarada ser debían
consoladores. Y dispusieron cumplir hasta el fin
su obligación, si el Ciervo sin dilación,
marchaba hacia otro confín.
Pero cuando a Dios pareció, pena y llanto, fue amainando,
que no hay dolor que perdure, como tampoco lo hay
bien ni mal que cien años dure.
Se fueron los camaradas no sin antes degustar,
de la despensa del moribundo, todos y cualquier manjar.
De ahí que quien se moría su granero, bien surtido,
viera con gran desespero, de inmediato empobrecido.
Porque la vida es así y aún en el lecho postrero,
capellán y curandero, tristeza y dolor dominando,
se despiden con angustia, más lo suyo reclamando.
Grito: ¡Oh tiempos, oh costumbres!
Grito inútil:
El hombre camina derecho en busca de su provecho.

LAS DOS CABRAS

A las Cabras, tras el pastoreo,
las encanta darse al oreo;
trotar montaña arriba en búsqueda de fortuna;
emprender así viaje al encuentro de su «luna»,
por senderos intrincados
jamás por el hombre hollados.
Dos Cabras de su pastor el amparo rehusaron
y huyendo no se buscaron, pues por distintos caminos
quiso el veleidoso azar que fuesen
de frente a dar.
Entre peñasco y peñasco por encima del afluente
un tronco facilita el paso en forma de débil puente.
Imposible que ambas cruzaran por tan estrecho tendido
sin que las dos o una sola al agua se hubiesen ido.
Mas desechando el peligro, confundiendo testarudez
por valor, alza su barbuda tez una de las amazonas
elevando su pezuña hacia el tronco enlazador de
las dos distintas zonas.
La imita su compañera pues las dos son bravuconas.
Despacio y con prevención avanzan una hacia otra
cual bailando al mismo son.
Altivas, desafiantes, y seguro pendencieras
hasta que no están frente a frente no reducen sus maneras,
haciendo las dos al tiempo gala altiva y contundente
de ser fieles a la raza (así lo cuenta la Historia)
que ninguna otra iguala, al menos en tozudez.
Contumaces en su altivez, testarudas y obcecadas
siguieron empecinadas, sobre el tronco de estrechez,
en mantener su postura sin pensar retroceder.
Ante tal desatino y encajadas frente a frente
fueron ambas, una por una, a parar en el torrente.
No es de ahora el incidente pues desde antiguo sucede
en caminos tortuosos, en los que la tozudez se enfrente.

LOS COMPAÑEROS DE ULISES

Sobre hechos puntuales consultemos a los Dioses,
sobre el quehacer de unos griegos, poco o nada cabales,
que se dejaron vencer, más que eso convencer,
según cuentan los anales, por encantos sorprendentes
que convertían en bestias a determinadas gentes.
Los Compañeros de Ulises, con diez años de desgracias,
erraron por varios mares a merced de la corriente.
Abordaron una playa
donde la hija sutil del Sol,
Circe, tenía su Corte.
Les hizo probar brebaje, con actuar subrepticio,
consiguiendo de este modo que perdiesen el juicio;
poco tiempo después su cuerpo en función mutante,
cobró aspecto e imagen de animales disonantes.
Convertidos se vieron en Leones, Elefantes;
unos bajo aspecto muy deforme,
otros como masa enorme,
el resto en formas diversas.
Solo Ulises escapó al recelar avizor
del brebaje traidor de la bella embaucadora,
viendo en aquél al instante la precoz inteligencia
y seductora presencia de un Héroe devastador.
Circe, sobrecogida, desterró cualquier renuncia,
pues la llama del amor con fuego enloquecedor,
declaró como el que anuncia, la verdad de su interior.
¿Aunque tú estés convencido, crees que aceptarán
ese cambio apetecido... apetecido por ti, y que
alegres volverán a ser como habían sido?».
El héroe a sus compañeros brinda el ofrecimiento,
y exclama con gran contento: «¿Decidme ya con premura
si deseáis como espero recobrar vuestra figura?»
Y le responde el León imitando gran rugido:
«¿Cómo tal desatino vienes a preguntarme,
pues lo que acaban de darme, por completo me complace?
Tengo garras, fuertes dientes, y el suficiente poder
para que mis contendientes se inclinen ante mi ley,
pues no en vano soy un rey. Sería absurdo que ahora,
después de lo que he logrado, renunciase a ser León,
para volver a soldado».
La libertad, el boscaje, la lujuria y el placer,
eran máximos anhelos a satisfacer.
Ante tal delirio que abría fuentes de usura, ni últimos ni primeros,
de Ulises ha compañeros, uno solo apeteció el recobrar su figura.
Y es que en este mundo los hay con muchos semblantes,
pues gustan usar del de hoy o del que tenían antes.

LAS RATAS Y EL MOCHUELO

No cabe el decir nunca delante de la gente:
«Escuchad que buen apodo o ved que magnífica estrella»
¿Acaso sabéis si todo oyente
tiene la misma opinión sobre si tal cosa es tan bella?
Aquí tenemos un caso dado que como ejemplo puede
ser aceptado.
Cierta vez se abatió un pino con muchos años de edad,
viejo palacio de un Mochuelo que lo tenía por heredad.
En lo más íntimo de aquel tronco cavernoso, se alojaban
entre otros animales, adiposas Ratas que a cualquiera espeluznaban.
El Mochuelo las nutría con sus desperdicios y las Ratas
le agradecían sus puntuales servicios,
no sin antes mutilarlas a picotazos.
Hay pues que confesar que se trataba de un ave sutil,
hábil en ratas tratar, y prolijo en recursos mil.
Muchas había cazado el ladino del Mochuelo,
pero muchos roedores, pasando al tronco del
suelo se le habían escapado causándole desconsuelo.
Mas su intelecto despierto después de mucho pensar
llévole al convencimiento de asegurar el sustento
cazando a los roedores para sus miembros amputar
lo que hacía muy sencillo, tarde o pronto,
sus cuerpecitos zampar.
Comérselas a la vez, aunque fuese muy goloso,
era empeño trabajoso, e incluso peligroso,
y para la salud dañoso.
De ahí que a las mutiladas con esmero conservara,
y sin mostrar el plumero,
a base de desperdicios día a día las engordara.
Un Mochuelo previsor era el de los grandes ojos,
siempre éstos avizor,
y resultando el primero en llenar bien su granero.
La artimaña del Mochuelo no toméis a novedad,
que ejemplos tiene la vida de una igual realidad.
Si el pueblo quiere escapar porque se siente cautivo
y para decapitarle no hay suficiente motivo,
hay que aguzar el ingenio hasta volverlo al revés,
pues basta cortar los pies para mantenerlo vivo,
y luego de tal deshecho será coser y cantar
poderle sacar provecho.

EL ANCIANO Y LOS TRES JOVENES

Un octogenario había que plantando se entretenía.
«Construir puede pasar, pero a sus años plantar
–hablaban tres jovenzuelos–, ¿quién le puede asegurar
recompensa a sus desvelos?».
Seguro que chocheaba.
«Por Dios que no lo entendemos. Pues si esperáis que se
os pague, por tan absurdos desvelos,
no es realidad, es sueño, pues tendríais
que vivir casi una eternidad. ¿Por qué razón la existencia
os complicáis, si solo para plantar ya véis que necesitáis
el apoyo de un bastón? Lo admitimos como muestra, pero
convenid anciano que no es tarea de vos,
ahora lo es ya nuestra».
«No es así que yo lo veo –repuso el viejo calmoso–. ¿Vuestra?
Ni mucho ni poco. Las venturas mundanas vienen tarde y duran poco,
unas veces son reales, otras son simple ilusión, y no distinguen
de edades, pues hacen que joven y viejo se distraigan a su son.
¿Quién es capaz de afirmar que de la luz del Sol
tiene que serse por viejo el último en disfrutar?
¿Sabéis de algo en el mundo que pueda garantizaros
el incremento de un segundo?
Mis nietos me deberán, árbol, sombra y buena fruta.
No entiendo de vuestro asombro por esta lucha tardía,
pues me estimula la dicha, de todo viejo maestro,
al pensar en esos niños que gozarán algún día.
Y me decir es notorio, como lo podría ser
que antes vosotros que yo, aun no queriéndolo hacer,
pudieseis palidecer en túmulo mortuorio».
Las palabras del anciano fueron premonitorias,
pues uno a bordo de un barco saliendo
en busca de historias, no obtuvo aventuras fuertes
pues le sorprendió la muerte.
Otro a su soberano eligió prestar servicio
con el acero en la mano,
y en su quehacer tropezó con otro de más ligero,
que se entrenaba a diario y con rápida estocada
dejóle envuelto en sudario.
Tampoco pudo el tercero disfrutar de la vejez
y quiso plantar un árbol, quizá por testarudez;
al tronco se encaramaba sabe Dios para qué ver
del que bajó muy directo resultando cadáver.
El anciano tras llorarlos en jóvenes sepulturas
con manos callosas y duras, empuñando fuerte escarpa
tuvo tiempo de grabar esta historia y moraleja
que os acabo de contar.

EL CAMPESINO DEL DANUBIO

No es oro todo lo que reluce.
Por eso esta historia va en prosa
como el que no quiere la cosa (o porque así lo exige
la historia).
No todo el monte es orégano.
Por tanto no debe juzgarse a la gente por su apariencia,
que dicho es que las apariencias engañan.
Es bueno el consejo y por eso muere de viejo,
amén de por sincero y añejo.
Hace tiempo el error de un Ratoncito (pensaba que todo
lo que relucía era oro, que todo el monte...) dio pie
al discurso que ahora principia.
Cuento para hoy constatarlo con el apoyo de Sócrates,
Esopo, y un Paisano de las márgenes del Danubio.
Conocemos bien a los primeros y del campesino haremos esbozo.
Su mentón albergaba una barba profusa y negra,
todo él era velludo, hasta el extremo de recordar un oso.
Tipo tan tosco fue relegado a las riberas del Danubio. No
había entonces paraje donde las manos latinas no penetrasen
con los más ávidos fines.
Vino el diputado y un tema planteó el Campesino a él y al Senado:
«Romanos, y vosotros Senado, que estáis dispuestos a escuchar,
antes a Dios suplico que venga en mi ayuda;
y plazca a los Inmortales, mentores de mis palabras,
que no os diga cosa alguna por la que deba ser reprendido.
Roma es nuestra causa principal.
Temed, mortales, temed que el Cielo no instale
en vuestra casa llanto y miseria, y que ponga
en nuestras manos de forma indigna las armas de
que se sirve la venganza severa,
convirtiéndoos en esclavos de la cólera y la ira».
Siguió el campesino diciendo a diputado y senadores:
«Cultivábamos en paz hermosos campos con nuestras manos,
que resultaban aptos al Arte y al pastoreo:
¿qué hemos aprendido los germanos de los ciudadanos de Roma?
Los métodos que vuestro pretor ha utilizado y aún utiliza, todo germa-
no rehúsa. A los que llegan de Roma nada les complace y nada les sa-
cia. Retiradles, porque ya nadie quiere cultivar para ellos las campiñas.
Abandonamos las urbes retirándonos a las montañas».
El Senado, tras de oírle, tomó *venganza* en favor del Campesino nom-
brándolo Patricio como gracia por su discurso. Se dejó elegido un equi-
po de pretores, y por escrito, el Senado pidió que tomasen como ejemplo el talento de aquel hombre los oradores del futuro.
Mas Roma (que se dice no pagaba traidores) jamás tomó ejemplo prác-
tico ni puso en práctica la aleccionadora oratoria del Campesino.

EL LEON

Según cuenta la historia tenía el Sultán Leopardo
una magnífica heredad: grandes bosques con magníficos Ciervos,
muchos Bueyes en sus prados y ovejas a destajo en la vasta planicie.
Pero vino al mundo en boscosos aledaños un ejemplar de León.
Tras el protocolo de rigor que hay entre gente de rancio abolengo
y garras afiladas, el Sultán mandó llamar a su Visir el Zorro,
inteligente más por viejo que por Zorro y hábil aventajado
en política, preguntándole: «¿Dime, temes a nuestro vecino León?
Su padre ya ha muerto y no sé lo que debo hacer ahora».
Le contestó el viejo Zorro: «Tales huérfanos no me inspiran piedad;
de éstos o se conserva la amistad o se les aniquila. Porque si dejas
que le crezcan garras y dientes, malparado saldrás. He levantado su
horóscopo: crecerá amante de la guerra y podrá ser buen amigo
mientras no decida ser peligroso enemigo. Yo, lo abatiría antes
de que fuese tarde». Las advertencias del Visir cayeron en saco roto.
¡Qué incauto que era el Sultán!
Su despertar fue sobresalto porque en creciendo el León sembró
el pánico por los alrededores, haciendo huir a los demás animales.
Quiso entonces el Leopardo buscar ayuda, y entonces el Visir le
dijo: «Ya te advertí, ahora es tarde. Busca la forma de calmar
al León. Tiene más preponderancia que ese mundo de aliados que
pretendes; el sólo tiene tres y le salen gratis: coraje, fuerza
y vigilancia. Envíale un cordero y si arruga la nariz mándale mil.
Quizá así podamos salvar los otros». El consejo no fue productivo.
Porque su Majestad el León siguió campando a su albedrío,
sanguinario albedrío del que muchos en aquel bosque pagaron
las trágicas consecuencias.
Si dejas crecer al León propóntelo siempre como amigo.

LOS CONEJOS
Discurso al Señor Duque
de la Rochefoucault

Muchas veces me he dicho, viendo actuar al hombre, que en
más de mil ocasiones lo hace a imagen y semejanza de los animales.
Cuando la huida del sol abandona la tierra a la oscuridad,
urge buscar refugio. Es como ver una nación de conejos
corriendo hacia su madriguera. ¿No se puede observar en tal
proceder la normal actitud humana?
Porque el hombre, cuando no se atreve a enfrentarse al riesgo,
busca refugio, ¿no es cierto?
Unamos a este ejemplo otro de común:
Cuando unos perros forasteros atraviesan un cultivo al que
son ajenos, ¡imaginemos como va la fiesta!
Pero los canes del lugar, a ladridos y mordiscos,
tratan de poner a raya a sus colegas, jacarandosos y foráneos.
Incluso esta reacción puede de hecho producirse aunque los
advenedizos observen el respeto debido.
Y es que por norma existe una actitud agresiva hacia lo desconocido,
una predisposición innata a rechazar de forma violenta
lo que nos llega de fuera.
Cien ejemplos más podría añadir a mi discurso.
Pero las obras y los escritos cortos son siempre los mejores.
Y es que tengo por bandera a todos los maestros del Arte, y de
ellos he aprendido que incluso de los temas menos bellos debe
dejarse espacio al pensamiento. Por eso mi discurso debe acabar.
Vuestra merced le ha dado lo que tiene de sólido,
señor que sois de una modestia que iguala a la grandeza,
de un pudor extremo que rechaza toda alabanza,
a pesar de haber hecho méritos suficientes para recibirla,
vos, en fin, de quien apenas si he conseguido
que vuestro nombre reciba aquí merecida recompensa,
que del tiempo y los censores mi obra defiende y contempla,
un nombre desde antiguo por los pueblos conocido y loado,
nombre el de vuestra merced que honra a Francia,
nación que en ilustres nombres ninguna otra iguala.
Dejadme, pues, pregonar con humildad y gratitud profundas,
que mi discurso os debe el aliento de cada palabra de
las que se compone.

LOS DOS AVENTUREROS

Y EL TALISMAN

Ni un solo camino de flores conduce a la gloria.
El testimonio de Hércules y sus trabajos me es cabal.
Para mi este Dios no tiene rival:
veo pocos en la Fábula, y menos aún en la Historia.
Sé de un hombre que con viejo Talismán en mano
fuese a buscar fortuna en donde impera el romano.
Viajaba en compañía.
Uno y otro hallaron un poste indicador
en el que podía leerse con rigor:
«Señor Aventurero, si te guía el afán de observar
aquello que jamás a visto caballero errante,
pasa el torrente nadando y toma luego en tus brazos
un Elefante de piedra que hallarás entre retazos de sombra,
y súbelo de un soplo a la cumbre de esta cimera
que ves enfrentarse al Cielo con actitud altanera».
A uno de los Caballeros tal advertencia,
al pronto se le antojó una total imprudencia.
Indicador tan burdo no era más que un absurdo.
El Lógico se ausentó mientras que el Aventurero
sin un segundo pensarlo en el agua se zambulló.
Ni oleaje ni agua densa son capaces de atajar
su agresividad intensa. Y tal como dice el mensaje,
observa en la otra ribera el paquidermo a cargar.
Lo eleva y montaña arriba lo lleva, dándose con una explanada,
tras la que surge un poblado.
Un grito por el Elefante resultó vociferado,
y el pueblo ya resabido al instante surge en armas.
Cualquier otro aventurero al clamor de las alarmas,
y en actitud temerosa, habría puesto al segundo
pies en polvorosa. Mas él no deshace lo andado,
cara venderá la vida como hombre aventurado.
Mas de sorpresa el clamor de aquellos que lo ensalzaban
por monarca sucesor: ha rey muerto, rey puesto.
Se hizo rogar con prudencia puesto a considerar
que no es bueno desairar la popular vehemencia.
Bien hace a veces el sabio en ejecutar proyectos,
sin consultar la razón,
aunque alarme a los profanos,
ya que a fuerza de pensar podría pillarse las manos.

LOS PECES Y EL PASTOR

QUE TOCABA LA FLAUTA

Tircis, que por Ana María, hace sonar los acordes,
ya de una sola voz, ya de una jauría,
con tales tonos y aciertos que hacen vibrar a los muertos,
cantaba en cierta ocasión, por la ribera de un río,
con su habitual devoción, cerca de tierras labradas
y por Zéfir habitadas.
La pastorcilla galana por tales inmediaciones,
caña, hilo e ilusiones, le rebosaban con creces,
esperanzada era obvio con que picasen los peces.
Mas del río los habitantes que eran ya gente escamada,
no apuntaban gran interés por convertirse en «pescada».
El tiempo escapa y la pastora se angustia.
Tircis que con su flauta conmovía al más salvaje,
llegó y se puso a soplar con corazón y coraje,
creyendo que de esta hecha iba pronto a conseguir
de los peces cosecha. Pero creyó equivocado pues
ni un solo «nadador» deseaba ser pescado.
Quiso el pastor intentar convocarlos,
para auxiliar a la bella a que pudiese pescarlos:
«Habitantes de las aguas quienes mi cantar pregona,
no temáis de abandonar vuestra zona de dominio,
y dignaos considerar de la pastora el delirio,
pues ella os ha de tratar con amor y mucho esmero,
dandoos hospitalidad, calor y su alivio.
Y aunque alguno muriese al acceder al deseo,
¿no podría compararse en heroicidad a Perseo?
Pero las voces a veces no resultan con los peces.
Tircis desangelado y consciente de su fracaso,
fue y preparó una red a modo de gran capazo.
Y ocurrió que el pez esquivo de cantos desconfiado,
sí que picó en la red convirtiéndose en pescado.
Pastor si eres de humanos, no de ovejas; ¡oh! Rey,
que crees poder convencerlos con el peso de la ley,
bueno será que medites y aceptes la conclusión
que a la multitud cautiva no la convence ni el son,
ni el canto ni la adulación, pero si la diatriba
o la actitud expeditiva.

EL PASTOR Y EL REY

Dos hechos que de nuestra vida excluyen la razón,
se valen para dividirla: Amor y Ambición.
Para que claro lo veáis os ilustro con una historia,
la de un Rey que llamó a un Pastor a su palacio.
El monarca veía un prado donde pacían las cabras,
bien alimentadas, multiplicándose hasta cubrir los campos,
todo lo cual ocurría gracias a la habilidad del Pastor.
«Díjole el Rey: Mereces de humanos el pastoreo, deja tus bártulos
porque mi pueblo te necesita. Te convierto en Juez Soberano».
La confusión del Pastor imaginar podéis: él, que no viera más
que algún ermitaño, ovejas, perros, lobos, ¿qué sentido podía
encontrar al ofrecimiento?
Su amigo el ermitaño descendió de la montaña y mirándole le
preguntó: «¿He soñado, Pastor, al verte con una toga convertido
en hombre de Ley? ¡Tú, el favorito! ¡Tú, el grande! No confíes
en los Reyes, y menos en sus promesas. Lo peor es que uno se
engaña, ¿sabes? Y tales errores, desde siempre, desembocan en
dramáticos desencantos. Me atrevo a pronosticar que en tu nuevo
destino no hay futuro prometedor y sí un triste desenlace».
Preguntóle el Pastor no muy convencido en las razones del otro:
«¿Qué peor que la muerte me puede esperar?»
«Mil desengaños», repuso el Profeta Ermitaño.
Y llegaron, ¡qué duda cabe!
Los malvados de la Corte pusieron en marcha su entramado de
intrigas, aprovechando el candor del Juez. Y las murmuraciones
pusieron en guardia al Rey. El complot prosperan, las acusaciones
proliferan... «Se ha hecho construir un castillo con el dinero
de los tributos que establece por su cuenta».
El Rey decide cerciorarse de lo que hay de cierto en todo aquel
cúmulo de cargos. Pero para cada uno de ellos encuentra respuestas
y pruebas de extrema equidad, de una vida humilde y en soledad;
testimonios evidentes de la nobleza del Juez Soberano.
«Hace tiempo –siguen murmurando–, que guarda en sólidos cofres, oro,
diamantes, perlas y rubíes».
Solo uno de los cofres contiene algo: una vieja camiseta de pastor,
una flauta y un cayado.
Dijo el Juez, empañados en lágrimas los ojos, mirando cuanto
yacía en el interior del cofre: «Volved a mis viejos enseres, dulces
tesoros, que jamás estimulasteis la envidia que hace florecer traiciones
y mentiras... salgamos juntos de este Palacio, igual que se emerge del
sueño tras dormir toda la noche».
Y mirando al Rey, suplicó: «Perdón Señor por mis palabras, perdón.
Mas lo de hoy previsto tenía; sabedor era de la llegada de este día. ¡No
me importa, majestad! Porque..., ¿conocéis algún humano ajeno a la
semilla de la ambición?

LOS PECES Y EL CORMORAN

No existía un solo lago en muchos kilómetros a la redonda
que un ávido Cormorán no hubiese sometido a su dominio.
Viveros y lagos pagaban tributo a la palmípeda.
La despensa siempre llena y el estómago contento.
Pero mira por donde amaneció aquel día en que la pereza
obnubila la necesidad y nuestro amigo (de otros enemigo)
el Cormorán se encontró sin vituallas: ¡Ni un solo pez en la cocina!
Había más problemas, dado que la vista ya no acompañaba
al hábil depredador de las aguas; sus ojos no alcanzaban
al fondo del lago. Pero sí le funcionaban sus recursos de pájaro viejo.
Así que en estas se encontraba cuando vio pasar un Cangrejo
por la margen de la laguna. «Oye, Cangrejo –le dijo–, advierte
a la fauna marina de que ya puede ir entonando su propia salmodia,
porque el hacendado de estos lares y sus amigos vendrán mañana
dispuestos a vaciar las aguas de inquilinos».
El Cangrejo, fue a trasladar la advertencia a los interesados.
¿Menuda barahúnda! Los peces iban de un lado a otro
propagando la triste noticia. Hubo reuniones, cónclaves...
Decidieron por último recabar consejo del ave: «¿Está usted seguro
de la visita de esos caballeros, señor Cormorán? ¿De dónde procede
el aviso? ¿Por qué el cielo no lo evita?»
«Cambiad de lugar» –les respondió el sibilino pajarraco.
«¿Cambiar, cómo...? –insistieron los aterrados peces.
«No os preocupéis por eso –contestó el Cormorán– ¿Acaso no tenéis
en mí al amigo de siempre? Yo os llevaré en mi pico, uno tras otro,
hasta mi refugio. Salvo Dios y yo, nadie lo sabrá».
¡Pobres incautos! Le creyeron.
Y el pueblo acuático fue trasladado a un refugio *seguro*.
Les demostró a costa de su carne exquisita
que unos hacen pasar el hambre de otros en quienes
han creído ciegamente.
No perdieron demasiado, porque los de caña y anzuelo bien cierto
que habrían diezmado a los representantes de la fauna acuática.
¿Una vez muertos, además, como reconocer si quien los come
es hombre o bestia? Un día antes o después, nada soluciona,
ni tampoco es gran molestia.

EL MONO Y EL GATO

Cuadrumano y felino delante del hogar ardiente,
meditaban sus quimeras alimenticias.
Escasez de viandas y ratones creaban problemas a
ambos comensales. En el fuego que contemplaban hallábanse
asando unas castañas. El simio díjole al minino:
«Hoy te toca a ti, Gato, realizar un trabajo con mano maestra;
atrapa con tus garras las castañas; si yo hubiese nacido más
diestro tal no te pediría puesto que me iba a bastar para
sacar las castañas del fuego».
Dicho y hecho.
El Gato, finura, destreza, habilidad, sigilo, removiendo
las ceniza se hizo con la dorada y apetecida fruta.
Conforme las castañas sacaba el Mono las metía directamente
en su estómago.
No hubo lugar a la puntual discusión porque cuando el
Gato iba a poner sus derechos sobre la mesa apareció una
de las criadas de la casa.
¡Adiós Simio, adiós Gato!
Cuentan que el felino huyó con bigotes malhumorados.
No es privilegio del Gato morder tan burdo anzuelo,
puesto que algunos de más enjundia y talento,
halagados por un servicio de ley,
se queman los dedos en muchos quehaceres
a beneficio de algún Rey.

EL GATO Y EL ZORRO

Un Gato y un Zorro peregrinaban por el bosque, matando
el tiempo en discusión empecinada acerca de cual de los
dos disponía de mayores habilidades tanto para zamparse
a sus víctimas como para esquivar a los enemigos mayores.
El Zorro presumía de conocer mil ardides.
El Gato con uno se conformaba, convencido de que para sus
necesidades era suficiente y le bastaba.
Pero mira por donde tan vehemente discusión fue interrumpida
por una jauría de perros, que al trote gruñían y ladraban.
De esta guisa le dijo el Gato a su interlocutor:
«Vamos a ver ahora como te las arreglas con tus mil ardides,
porque yo voy a utilizar el único que conozco».
Así diciendo y con agilidad suprema se encaramó a la copa de un pino.
Al Zorro le faltaron otros mil además del millar que conocía.
Dio vueltas y más vueltas, se metió y salió de ciento y una
madrigueras para evitar el acoso de los incansables canes.
Pero creyó por fin que su perseverancia hallaba premio cuando
por el agujero de un grueso tronco pudo colarse, en cuyo
interior esperó pacientemente hasta considerar que sus enemigos,
descorazonados, habían decidido marcharse.
Pero no hizo más que asomar su morro extenuado cuando un par
de enormes podencos a mordiscos le retorcieron el pescuezo.
Demasiados argumentos pueden estropear una obra.
Con uno que sea bueno es suficiente.

JUPITER Y EL PASAJERO

Cuanto y mucho el peligro enriquecería a los Dioses,
si cumpliésemos las promesas que les hacemos al estar
con el agua al cuello.
Pero en pasado el peligro, ¡promesas al olvido!
Veamos un ejemplo.
Un Pasajero, sorprendido por inclemente tormenta, prometió
cien bueyes a quien derrotase a los Titanes. No tenía uno solo.
De haber prometido Elefantes nada hubiese cambiado.
Júpiter acudió en su ayuda dominando el temporal.
El Pasajero, al instante, quema un montón de huesos.
«Señor Júpiter –le dice al Dios–, el humo que vuestra divina
nariz aspira, es de buey. Esa es la parte que os toca, deidad.
Ahora ya nada os debo».
Pero pocas noches después Júpiter inspiró un falso sueño
al Pasajero: la forma de encontrar un tesoro escondido en
un lugar que sólo él, desde aquel instante, sabía.
Turbado por la codicia corrió en busca del tesoro.
Era el lugar una cueva de ladrones que pronto cayeron sobre
el ingenuo Pasajero que, en los bolsillos, apenas llevaba un escudo.
Prometió de inmediato a sus captores cien talentos de oro
que tenía ocultos en escondite cercano.
Los ladrones, veteranos y avezados en mil lides, astutos y
desconfiados, comprendieron que se trataba de una añagaza.
«Camarada –le dijeron–, ¿quieres burlarte de nosotros?
¡Pues muere! Y ahora reúnete con Plutón y dále los cien
talentos como donativo».

LA OSTRA Y LOS LITIGANTES

Dos Peregrinos un día, en un rincón de una cala
descubrieron una Ostra, presente en el océano.
Ambos con los ojos la devoraban, al tiempo que los índices
de sus diestras se extendían hacia el apetecido molusco.
Uno de ellos ya se disponía a atraparlo,
pero el otro le detuvo alegando que aquella propiedad
había que poner en claro. Y añadió:
«Corresponde degustarla a quien la ha visto primero».
«En tal caso y si se aplica ese criterio –repuso el otro comensal–,
quiero que sepas que tengo ojos de lince».
«Pues si tú la has visto –tercia su interlocutor–, ¡yo la he oído!»
Mientras proseguía el incidente apareció por el lugar
Perrin Dandin, al que de inmediato nombraron juez del Litigio.
El tal, con gravedad abrió la ostra, y a través de su garganta
la introdujo tranquilamente en el estómago, ante el asombro
y desconcierto de los Peregrinos.
Acto seguido sentenció el Presidente: «La Corte falla y no cobra, el
caso está cerrado. Ahora, cada cual a su domicilio».
Pensad que vale más un mal arreglo que el mejor de los juicios.
Los Perrin Dandin recorren el mundo tomando el pelo a litigantes
y apenas si les dejan las migajas.

EL LOCO QUE VENDIA SABIDURIA

No te pongas nunca a tiro de piedra de un loco.
Es de todos, éste, el consejo más edificante.
No encontrarás enseñanza parecida a la de saber librarte
de una mente que desvaría.
Un Loco andaba chillando por plazoletas y calles:
«¡Vendo Sabiduría!»
Y los ingenuos se aprestaban a comprar la mayor cantidad
posible de aquélla.
Muchos recibían a cambio de su dinero, pedazos de cuerda, o
trozos de prendas rotas. Cierto que ello les encoraginaba,
pero preferían sonreír y largarse antes de evidenciar el
ridículo y engaño de que habían sido objeto.
Pero un sabio que aguardaba su turno mientras que quien iba
delante suyo recibía el pedazo de cordel correspondiente,
comentó: «Es puro jeroglífico este caso. Mas quienes tienen
sentido común y buen criterio no deben olvidar que entre ellos
y el Loco habrá la distancia de un hilo, si no, que no lo duden,
recibirán una caricia de igual naturaleza.
El Loco no os ha engañado: vende Sabiduría.

LOS DOS PALOMOS

Dos palomos se amaban con tierno afecto.
Uno de ellos, al que el hogar no hacía feliz, temerario, emprendió
viaje a un país lejano.
«¿Ya sabes lo que haces?» –preguntó el otro, ejemplo de prudencia.
Añadiendo–: «¿Vas a dejarme solo? Pero no pienses que soy egoísta y
que pienso únicamente en mí. Pienso también en los peligros que te
acecharán en ese largo trayecto... Halcones, trampas, frío, temporales.
Sufriré mucho al no saber de ti, al amparo de todo evento. ¡No marches,
hermano, te lo suplico!»
En principio pareció que aquellas razones hacían vacilar las ansias via-
jeras del otro palomo, pero al fin se impuso la inquietud y el gran deseo
de descubrir nuevos horizontes.
Y le dijo al que triste se mostraba ante su próxima partida: «No estés
pesaroso. Para satisfacer mis ansias bastan pocos días de vuelo. Regresa-
ré pronto para hacerte puntual relato de mis aventuras. ¡Y te distraeré
con ellas! Quien nunca se arriesga nunca tendrá nada que contar».
Y emprendió sus correrías, tropezando con mil y una dificultades
apenas alzado el cuelo. Un Aguila dio con él y tras una pelea a muerte
pudo desprenderse de las garras de la depredadora,
cayendo dentro de una casa en ruinas donde un búho hambriento
se aprestaba a rematar la faena.
Escapar pudo de milagro y hecho un auténtico desgarro,
un *ecce-homo,* emprendió el regreso al hogar, habiendo cesado ya
su afán aventurero.
Y a la vuelta definitiva su relato fue triste, muy triste.
Otra vez los dos juntos.
Amantes, amantes felices, ¿deseáis viajar?
No os dejéis seducir por cantos de lejanas sirenas;
sed el uno para el otro, mundo conocido y mundo ignoto,
siempre igual, siempre diverso, siempre bello.
Encontradlo todo en vosotros mismos y olvidaos del resto.
Nunca cambiéis la felicidad que tenéis y el amor de que disfrutáis
por la incertidumbre que desconocéis.
Todo envejece menos el corazón si se le alimenta día a día
con renovadas esperanzas, con novedosas ilusiones.

EL LOBO Y EL CAZADOR

Con su arco un Cazador de un Ciervo siembra el dolor,
y le produce la muerte.
A un Cervatillo que pasa le corresponde igual suerte.
Ciervo y Cervatillo, cacería satisfactoria
que a todo buen cazador le hubiese sabido a gloria.
Al instante un Puerco Sanglar que asoma despreocupado
despierta la tentación de aquel Arquero taimado.
Pensando en ponerlo a la lumbre
se dispone a ejecutarlo ofreciendo así a la Parca
su interesada servidumbre.
La flecha que el aire hendía puso al enorme Sanglar
en trance de larga agonía.
En vez de considerar que ya el trabajo está hecho,
aquel contumaz Arquero no se siente satisfecho.
El Sanglar alza la testa surgiendo de su agonía,
cuando el insaciable Arquero apuntando unas perdices
sus deseos complacía.
El grasiento malherido usando de aliento postrero al de la flecha embiste,
y aunque el Sanglar muere al fin del mundo al Arquero echa.
La Perdiz se deshace en oraciones mas el puerco ya no
escucha esas razones.
Esta parte del cuento la dirijo al ambicioso,
que la otra parte reservo para el avaricioso.
Un Lobo, al pasar vio, aquel lienzo tenebroso.
Exclamando: «¡Oh, Fortuna generosa! Un altar prometo alzar aunque
soy un perezoso!» Y siguió: «Cuatro cuerpos tendidos, son bienes
inmerecidos. Prudencia, hermano, ten tino y administra con buena mano».
(Ese es razonamiento de avaros)
«Tendré que acampar aquí, no sé de mejor despensa,
y al aire y al sol gozar de tan grata recompensa.
Quizá de mis méritos no sepa, pero quien me favorece
es que debe suponer, ¡ese Lobo lo merece!»
Decidió que al día siguiente iba a encargarse de los
cuerpos, empezando en aquel mismo momento con la cuerda del arco,
sabedor que se elaboraba con tripa de la mejor.
Pero manejando el arco el avaro aprovechado olvidó por glotonería
que para tal menester poca habilidad tenía.
Se tensó la cuerda y tal distanciamiento tuvo como consecuencia
que la flecha al Lobo partiese en dos concluyendo la secuencia.
Cinco cadáveres juntos quedan a merced del viento;
avaricia y ambición sancionadas son a un tiempo.

LOS DOS PERROS Y EL ASNO MUERTO

Tal como los vicios están hermanados
debieran de estarlo las virtudes.
El prudente suele ser apático, el bravo temperamental.
El Perro presume de su fidelidad al amo, pero es torpe
y a veces avaricioso.
Testimonio de ello dos perros que contemplaban, flotando
en el agua, un Asno muerto.
El viento parecía complacerse en alejarlo del pensamiento
y cercanía de ambos canes, que empezaban a relamerse los hocicos.
Uno le dijo al otro: «Oye, compañero, tú que andas fino de vista,
aquello que se ve a lo lejos, ¿qué es, Caballo o Buey?»
El otro repuso: «¿Qué más da?» Siendo bestia ya nos cumple.
Aunque el trayecto será duro y habremos de nadar contra el
viento. Pero se me ocurre que... ¿Por qué no nos ponemos a beber?
Con la sed que nos quema la gargante igual dejamos el estanque
seco, y entonces, todo será coser y cantar. Tendremos provisiones
para toda la semana. ¿Qué te parece, compañero?»
«¡De acuerdo!», exclamó el otro.
Y pusieron manos a la obra, o lengua al agua, bebiendo y venga a
beber. Hasta que perdieron el hambre, el aliento..., en fin, que
de tanto beber, reventaron.
El hombre está hecho a la misma medida.
Si un deseo lo excita no conoce barreras en el intento de
conseguirlo. Para cumplir los proyectos que alienta un solo hombre,
harían falta cuatro cuerpos, y a veces, incluso,
resultarían insuficientes.
Es mejor tener cautela: comer poco y digerir bien.

EL PACHA Y EL MERCADER

Un Mercader Griego andaba por el mundo trapicheando baratijas
con la ayuda de un Pachá, al que pagaba por tal categoría; costosa
era la soldada de un protector.
El Griego se quejaba y sus lamentos llegaron a oídos de tres turcos,
no de sangre azul como el Pachá, pero sí más asequibles.
Tales se le ofrecieron por la tercera parte de lo que pagaba a su
insigne protector. Y el Griego aceptó la propuesta e hicieron trato.
Pero alguien que les escuchaba fue a comunicar al Pachá lo sucedido.
Incluso el informante le advirtió de la posibilidad de que los
otomanos, para no perder el trabajo, le envenenasen o cosa parecida.
El Pachá no dudó en presentarse ante el Mercader, al que le dijo
aquello de lo que acababa de ser impuesto.
Y acto seguido añadió: «Una historia voy a contarte que viene a cuento.
Erase un Pastor que tenía un Perro y su rebaño. Alguien le dijo que su
can comía por varios y que le saldría más a cuenta cambiarlo por tres
mastines, que juntos, no comían ni la mitad. Y que tres cuidarían
las ovejas mejor que uno que sólo pensaba en comer. Cierto que comía
por tres, pero nadie le recordó al pastor que el animal se revolvía con
triple dentellada cuando los Lobos hacían acto de presencia. El Pastor
lo cambió por canes de poca casta que si bien gastaban poco, eludían
también la batalla. Al poco tiempo su rebaño fue reducido a la mitad.
¿Entiendes lo que te estoy diciendo, amigo Mercader?
Si es que tienes sentido común piensa que soy yo quien te conviene».
Así lo hizo el Griego.
Así lo hace todo pueblo inteligente. Porque con todos los sufrimientos
que comporta, es más sabio abandonarse a una fuerte dictadura real,
que no a unos príncipes traidores que tienen los pies de barro.

EL RATON Y EL ELEFANTE

En Francia es bastante común creerse un personaje.
Se presume sabe Dios de qué linaje
y simplemente se es un burgués o un triste obrero.
Es como una enfermedad. La estulticia y vanidad nos estampillan.
Demos una imagen de nosotros, que de ejemplo valga.
Un Ratón contemplaba avanzar un Elefante con su pausado
e inseguro caminar, pero majestuoso y satisfecho de su linaje.
Sobre el animal cimbreante, la Sultana y su paje, dama de honor,
Pero, Gato, Loro y Mono, andaban de peregrinaje.
Frente a la extraña mole, sorprendido el Ratón, no acababa de
entender porque la gente se embobaba ante la contemplación.
«Parece que la importancia depende del espacio que se ocupa,
del volumen de aire que se desplaza –dijo socarrón. Preguntando
al auditorio–: Pero, de ese animal, ¿no os decepciona su forma
tan ridícula y ese inmenso corpachón que a los niños aterra?»
Habría proseguido su perorata de no ser por la aparición de un
Gato que se avino a demostrarle las diferencias, dejando establecido
que un Ratón no era desde luego un Elefante.

TIRCIS Y AMARANTE

A Mademoiselle De Sillery

Diré si alguien no lo adivina,
que es Sillery quien se obstina
en querer que en un requiebro
Señor Lobo y Señor Cuervo
vuelvan a explicarse en rima.
¿Cómo se puede en justicia
no acceder a tal delicia?
Veamos si mi habilidad
hace su felicidad.
Mis fábulas son tildadas
de ser poco refinadas,
y es que los sibaritas
no saben captar mis citas.
Escribiré pues con tiento
por no despertar lamento.

Un día Tircis decía a Amarante, la doncella:
«Ah si vos conocieseis como yo de cierto mal, que convierte
lo normal en aventura muy bella;
no hay bien debajo del cielo que valga lo que este mal.
¿Os podría yo engañar si expongo mis sentimientos de los
que sabéis derivan, mis males y sufrimientos?»
Amarante quiso saber:
«¿Cómo llamáis a ese mal?»
«¡Amor es nombre cabal» –exclamó al punto el poeta
«¿Y vos padecéis de ese mal que tiene nombre cabal?» –preguntó ella.
«Lo mío ya es agonía, una agonía tan bella –continuaba hilando el
Poeta y Pastor–, que la noche convierte en día».
Tircis, dentro de sí no cabía de contento,
convencido que su intento,
a la doncella rendiría.
Pero cual no fue su sorpresa oyéndola hablar con viveza:
«Describís muy justamente, gran poeta y orador,
los suspiros que en loor de Jean Clemente, exhala mi corazón
tan vivamente».
Tircis hubiese querido morir de rabia y celos.
Los hay que libran halagos usando la inteligencia,
en busca de interés o amor, sin detenerse a pensar que a otros
basta con callar y servirse de su ciencia.

EL OSO Y EL AMANTE DE LOS JARDINES

Cierto Oso montañero, Oso muy joven todavía,
fue confinado por el destino a vivir en un bosque solitario.
Vivía solo y oculto.
Como para volverse loco; la razón, de ordinario,
no acostumbra a vivir con ermitaños o secuestrados.
Buena cosa es hablar, y mejor aún callar, mientras se escucha a otro.
El Oso, que jamás recibía la visita de otros animales,
se cansó de aquella monotonía.
Mientras el joven plantígrado se lamentaba de su entorno
silencioso, melancólicamente, no muy lejos de allí,
un hombre de avanzada edad, experimentaba los mismos sentimientos.
Adoraba los jardines, de Pomona y Flora, y también era Arcipreste
Los jardines hablaban tan poco como nada.
Y nuestro hombre una soleada mañana en busca de amigos se
adentró en la campiña.
Con ideas parecidas el Oso descendió de la montaña,
y ambos, jugarreta del destino, se dieron de narices.
El Amante de Jardines tuvo miedo al captar la presencia del animal
y retrocedió; aunque luego pensó que quizá fuese mejor hacerse
el valiente. Pero apenas si dio un par de pasos hacia delante
y se detuvo. El Oso, que a causa de la soledad no era precisamente
un magnífico conversador, insinuó: «Sube a verme».
El otro repuso: «Vale más, señor, que seáis vos quien honre mi casa
con vuestra presencia. Degustaremos un refrigerio campestre: fruta
y leche; aunque no sé si esos alimentos os satisfarán».
El Oso aceptó y antes de que llegasen al lugar ya se habían hecho
buenos amigos. Viven juntos, viven bien y en perfecta armonía.
El de los Jardines labora con calma como hacía antes.
Cuando regresa de cazar, el Oso al instante se dispone a realizar los
quehaceres que le son más gratos: espantar los insectos y apartar del
rostro de su amigo, cuando duerme, las moscas impertinentes.
El Hombre hacía una tarde la siesta, en penumbra, cuando uno de esos
insectos alados que llamamos Mosca se le montó en la punta de la
nariz. El Oso se encorajina viendo al bicho importunar el sueño de su
amigo. No consigue espantarla por los procedimientos habituales, y su
cólera sube a tal punto que exclama: «¡Ahora verás, maldito insecto,
si de esa nariz te aparto!» Dicho y hecho. Al momento se hace con un
pedrusco y lo estampa con rabia contra la Mosca, chafándola. Pero,
detrás, queda chafada también la cabeza del Amante de los Jardines.
Un amigo torpe e inculto es un peligro; es preferible mil veces
un enemigo inteligente.

EL ZAPATERO Y EL FINANCIERO

Un Zapatero cantaba al compás de la lezna que recortaba la piel
de unos zapatos. Era feliz con su trabajo.
Por contra, su vecino, hombre opulento, nunca cantaba, dormía poco
y mal: era un banquero en potencia.
Si algún día al alba conseguía dormirse le despertaban los gorgoritos
del Zapatero.
Llamó a su vecino, preguntándole de sopetón:
«¿Cuánto dinero ingresa usted al año, Don Silvestre?»
El otro, tras encogerse de hombros y sonreír, repuso:
«Mis cuentas no van tan lejos, señor Financiero. Mi cabeza no alcanza
a tanto. Me basta con llegar a fin de año sin deudas».
Rio el Banquero ante tanta candidez y le dijo: «Quiero que se lleve
una grata sorpresa, Don Silvestre. Tenga cien escudos y guárdelos
en lugar seguro por si alguna vez necesita de ellos».
El Zapatero abrió unos ojos como naranjas, creyendo que se encontraba
frente a un milagro.
Regresó a su casa y escondió el dinero debajo de un ladrillo.
Desde aquel día dormía poco ya que se despertaba frecuentemente
con horribles pesadillas creyendo que le habían robado los cien escudos.
Desaparecieron como por ensalmo las ganas de cantar.
¡Desconfiaba hasta de su sombra!
Cuando la tensión estaba a punto de destrozarle, cayó en la cuenta,
y corrió a casa del Banquero, que ahora podía dormir por las noches,
diciéndole: «Devuélvame mis canciones y los sueños perdidos, porque
yo le devuelvo, ya mismo, sus cien escudos».

EL PERRO QUE LLEVABA COLGADA

DEL CUELLO

LA MERIENDA DE SU AMO

Un Perro encargado de recoger la merienda de su amo
—como collar el asa de un cesto—,
era enseñado en moderación a la hora de la comida.
Puede que se le inculcara al can que la gula era pecado capital.
Curioso, ¿verdad? El Amo enseña a su perro frugalidad,
mientras él se deleita con la glotonería.
Bien. Una tarde iba el Perro con la cesta y un mastín trató de robársela.
Pero no obtuvo el ladrón las facilidades supuestas de antemano.
El Perro dejó en tierra su bagaje para defenderlo con libertad.
¡Menuda trifulca! ¡Vaya combate!
Entretanto llegó una jauría de perros de aquellos que comían a salto
de mata, y a expensas de las distracciones de otros.
El Perro convencido de las dificultades y en presencia de su instinto
de supervivencia, echa al diente a su pedazo de condumio y pone patas
en polvorosa, gritando: «¡Con mi pedazo me basta, que os aprovechen
los demás trozos!»
En oírlo, cada can se hizo con una parte del botín, y el que más pudo,
más se llevó a los dientes.

Imagen de una ciudad podría ser esta Fábula,
cuando el erario mangonean cuatro despabilados.
Si algún escrupuloso con razones de honradez del dinero
público reclama mejor uso, se le ríen en las barbas y lo tratan de iluso.
Pero el honrado lo *entiende,* tolera que se burlen, pero cuando menos
lo esperan, en un momento, de neófito se convierte en maestro.

EL LEON, EL LOBO Y EL ZORRO

Un viejo León, decrépito y achacoso, exigiendo remedio para
devolverle su juventud, exigió a cada especie del bosque que
buscara un médico por tales y tan importantes razones.
De médicos le llovieron al rey de la selva de todas edades y colores.
Hasta curanderos, charlatanes y medicastros acudieron a la llamada
del León.
El Zorro sólo le hizo llegar sus respetos, declinando la invitación.
El Lobo se postra ante el Rey prometiendo sus servicios, al tiempo
que injuria al Zorro por haberse negado a atender al más insigne y
grande de la selva. Manda el León que con fuego y humo hagan salir
a aquél de su madriguera y le obliguen a presentarse ante él.
Llega el Zorro, consciente de que el Lobo le ha estado segando la
hierba a sus espaldas. Y le dice al Rey: «Temo que os han informado
mal acerca de las razones de mi retraso en presentarme ante vos, ya
que la verdad es que me encontraba peregrinando en cumplimiento de
una promesa hecha en favor de vuestra salud. Incluso en el transcurso
de mi viaje he consultado a sabios y eruditos, los cuales me han dicho
que vuestra Majestad necesitaba el calor que con la edad ha perdido.
Aplicáos la piel de un Lobo, despellejado en vivo, bien humeada,
aún húmeda; es la panacea que ahora se prescribe para toda naturaleza
alicaída. El señor Lobo os servirá, complacido, de cálida envoltura».
Tal consejo agradó al Rey, encargando que se desmembrara al Lobo,
extrayéndole además estómago e intestinos. El León comió
de esto último, envolviéndose asimismo con la piel del Lobo.
Despellejar a los demás en busca del agradecimiento y los favores
de los poderosos, puede convertir nuestra propia piel en abrigo de éstos.

UN ANIMAL EN LA LUNA

Un Filósofo aseguraba que a menudo los hombres eran
inducidos a error o a ilusiones inexistentes por la
fantasía de los sentidos.
Otro, opinaba todo lo contrario.
Ambos contemplaban la Luna desde la lente exterior de
un gran telescopio.
El que mantenía la tesis de que los instintos no engañaban
si la vista era fina, aseguró ver la cabeza de una dama en
lo alto de un monte de la Luna.
Dijo el de contraria idea que eran alucinaciones producidas
por las rugosidades montañosas de Selene, que a veces componen
figuras semejantes a Hombre, Bueyes o Leones.
Insistió su antagonista en la tesitura que defendía, diciendo:
«No hace mucho, en Inglaterra, cosa parecida sucedió. Desde
detrás de la lente vieron un animal en la superficie lunar.»
El Rey se aprestó a mediar en la discusión que mantenían
ambos científicos: «Se trata a buen seguro de un Ratón oculto
entre las lentes. Los dos estáis en lo cierto. No hay animal
en la Luna, pero el cristal se encarga de reflejarlo en la
superficie de aquélla. El Ratón, está aquí y parece que esté
allí». Actitud salomónica la del monarca.
Es que a veces hay que mediar dos soluciones para un mismo
problema, de forma que ambas partes litigantes, queden engañadas,
felices y contentas.

LOS DOS GALLOS

Dos Gallos vivían en armonía hasta que llegó una Gallina
¡y aquello fue Troya!
La Guerra entre los de la roja cresta persistió.
Como era lógico hubo un vencedor, mientras que el otro
retiróse a un lugar ignoto, llorando el amor perdido.
El campeón batía sus alas para encaramelar a la Gallina
causante de la discordia.
Encaramado en lo alto de un tejado a los cuatro vientos
pregonaba su victoria, ufanándose de la misma.
Pero, ¡oh sorpresa!, cuando volvió abajo,
diose cuenta de que el vencido tornaba a la carga,
coqueteando con la Gallina, coqueteos que ésta aceptaba
entre arrumacos y cacareos.
La Fortuna se complace en tales sorprendentes ironías:
todo vencedor insolente cava su propia fosa.
Luego de ganar la batalla hay que estar más alerta que nunca.

LOS CALCULOS DE LA LECHERA

Una joven lechera sobre la cabeza cojín y pote
caminaba presurosa haciendo cuentas de aquel lote.
Por la parte que le correspondía de la venta
echaba ya cuentas muy contenta.
·Soñaba con las cosas que compraría
con el jornal que percibiría.
Adquiriría cien huevos para empezar,
dándolos a una clueca a empollar.
Los polluelos picarían por las esquinas
hasta convertirse en gallinas.
Maquinando tal evento, iba la lechera
engrosando su propio cuento.
Con tales cálculos distraída
no pudo evitar la caída.
¡Al suelo se fue el pote y por aquél esparció la leche
derramando las ilusiones, los sueños y hasta la dote!
Ya no pensaba en tesoros
conforme arreciaba en lloros.
Los castillos de los sueños no pasan de ser eventos,
que como los de la arena, se deshacen con los vientos.

LOS CUERVOS Y LOS PALOMOS

Hubo una lucha brutal entre Palomos y Cuervos,
que no repararon en medios a la hora de derramar sangre.
No hubo tregua ni cuartel.
Mas tanto furor movió a piedad a gentes
de otros lugares que entre ambas bandadas
se ofrecieron a poner paz.
Muchos fueron los mediadores que iban acudiendo
para poner paz entre tanto desatino.
Los Palomos enviaron emisarios a parlamentar
con los pacifistas, y éstos, obraron con tal tino,
que consiguieron que los Cuervos cesaran en su encarnizado
ataque. Se instauró una tregua, preludiando una duradera
y próxima paz.
Y cuando aquélla parecía conseguida incumplieron los Cuervos
su palabra y lanzándose sobre los confiados Palomos
hicieron una verdadera carnicería.
Falta de prudencia tuvieron los mediadores al fiar
de un pueblo tan agresivo bélico.

Hay que separar a los malvados y sembrar entre ellos la discordia.
Del éxito de esa empresa dependerá la tranquilidad de los pacíficos.
Que peleen entre ellos los guerreros,
es la única forma de que dejen tranquilos a los demás.

LA JOVEN CASADERA

Una muchacha muy bella y altiva según cuentan
aspiraba a encontrar un marido joven, alto, bien parecido,
cariñoso, enamorado y nada celoso: ¡Su príncipe azul!
Más que eso: *un príncipe hecho a su medida.*
Exigía asimismo bienes de fortuna y todas esas cosas
prácticas que suelen ambicionar las mujeres.
Todos cuantos llegaron atraídos por los encantos de
la dama, a ella le parecieron poca cosa.
«¡Pero que se creen esa gente!», exclamaba.
Incluso optó por hacer mofa de la mayoría de pretendientes.
Pasaron los años y ninguno de cuantos se le acercaban
era de su agrado.
Siguieron pasando los años.
El peor enemigo de la mujer es el tiempo.
Porque la belleza se marchita, los santos advierten que
para vestir están, y acaban por llegar las prisas, que son
siempre malas consejeras.
Un día que se estaba mirando en el espejo, algo asustada ya por
los estragos que el transcurso del tiempo causaban en su hermosura,
del interior de aquél surgió una voz, advirtiendo:
«Procura ser más juiciosa, menos exigente, más humilde,
menos altiva, y piensa con seriedad en un marido que te convenga,
al margen de tonterías y zarandajas de niña mimada».
Caso hizo del oportuno consejo, y eligió entre uno de los
pretendientes que seguían llegando; ¡quién lo hubiera dicho!
Fue suerte, porque encontró la felicidad al lado de un hombre
poco cultivado, más bien rústico, pero honrado y trabajador.
En las cuestiones del amor es más cabal ser juicioso
y hasta previsor, dejándose de ilusiones, porque hay bellezas,
las de la carne, que desaparecen.
Las del corazón, perduran. Y éstas, son realmente las
que proporcionan la felicidad.

LOS ANIMALES ATACADOS POR LA PESTE

Es un mal que esparce el terror y que debió de ser ideado
por el Cielo, lleno de furor, y horrorizado por los
crímenes que se cometían en la Tierra.
Un día, esa maldita Peste declaró *su* guerra mortal
a los animales. No todos morían, pero sí eran todos golpeados
por la siniestra enfermedad, sintiéndose impotentes para defender
una vida que las garras de la muerte estaban prestas a arrebatarles.
El León llamó a consejo a los demás, diciendo: «Examinemos nuestras
conciencias. Y de entre nosotros, aquellos que más hayan pecado,
que se inmolen para calmar la ira de los Dioses. No seamos blandos
ni cobardes a la hora de juzgarnos: hagámoslo sin indulgencia».
Pero todos sin excepción hallaron la forma de justificar sus
tropelías.
El único que no supo defenderse fue un pobre y torpe Asno.
Un Lobo, que se las daba de docto y cabal, recitó un discurso
grandilocuente para demostrar que era necesario inmolar al Asno,
animal vil y sarnoso, origen de todos los males.
Obtuvo unanimidad en su criterio consiguiendo que un pecado venial
fuese castigado sin apelación posible.
«Solo con la muerte obtendrá el perdón sus felonías, y nosotros
descansaremos en paz» –sentenció el astuto y pérfido Lobo.

Así sucede desde siempre: según se nos considere, poderosos
o miserables, dirá al Tribunal el Juez, si somos
buenos o malos.

EL MONO Y EL DELFIN

Era costumbre entre los viajeros
del pueblo griego, ya hace años,
que se llevaran con ellos,
Monos y Perros, para entretenerse.
Una nave con tal carga
naufragó no lejos de Grecia.
Sin la ayuda de los Delfines
nadie habría salvado la vida.
Uno de los Delfines, confundió a un Mono
con un hombre, en plena tarea de salvamento,
y le dijo: «Siéntate encima mío».
Conducía al simio rumbo a la costa,
cuando le preguntó:
«¿Eres ciudadano ateniense?»
A lo que el mono repuso:
«¡Vaya si lo soy! Y más que eso,
un personaje importante. Si a partir de hoy
se te presenta cualquier problema, no vaciles
en acudir a mí».
«Siendo tal como sois –dijo el Delfín convencido–, hasta el
Pireo debe honrarse con vuestra presencia. A propósito, ¿lo
véis con frecuencia?»
«¡Cada día!» –exclamó el simio. Añadiendo tras breve pausa:
«Somos muy amigos él y yo; amigos de siempre para ser
más exactos».
El Mono había confundido el nombre de un puerto con un
nombre de pila.
De gente así, aprovechada e ignorante,
corre mucha por la vida. Pero ellos no lo saben
y se suponen muy listos.
Pero el Delfín era demasiado inteligente.
Sonriendo captó el desliz del otro, y al volverse
para mirarlo, descubrió su condición advirtiendo
el error cometido.
Sin pensarlo dos veces lanzó el Mono a las olas,
yendo de inmediato en busca de náufragos humanos.

LA FORTUNA Y EL MUCHACHO

Un Muchacho dormía tendido cuan largo era
en las inmediaciones de un profundo pozo.
Cerca de él pasó por ventura la Fortuna,
que le despertó suavemente.
Porque el muchacho, en aras de su sueño, quizá
de un desconocido sonambulismo, había acabado por subirse
al muro del pozo, donde ahora estaba tendido.
Le dijo Ella:
«Joven, te salvo la vida, pero otra vez, o no te duermas
o no seas tan osado. Si hubieses caído dentro del pozo,
alguien habría exclamado *¡Mala Fortuna la de este pobre chico!*
Me habrían acusado injustamente pues la culpa sólo habría sido
tuya. Tú, ¿crees con toda lealtad que una imprudencia o temeridad
que cuesta la vida a un hombre, puede ser consecuencia de un
capricho mío?» Y desapareció tras formular el interrogante.
Suele suceder que los humanos culpen a la Fortuna
de sus errores.
Quizá porque aquélla nada puede decir en su descargo.

LA LIEBRE Y LAS RANAS

Una Liebre meditaba en su escondrijo lo triste de
su existencia, sometida a todo tipo de miedos y
sobresaltos.
Pensaba asimismo que cualquier otro animal menos
medroso le hubiera aconsejado que se curase de aquel
mal que no la dejaba sosegar.
Pero, preguntóse ante tal pensamiento: «¿Puede curarse
el miedo?»
Decidió salir a la intemperie, prometiendo para sus
adentros no sobresaltarse sin causa ni razón.
Pero he aquí que a las primeras de cambio,
el ulular del viento entre el boscaje,
la puso en veloz huida.
Al galope pasó cerca de un lago.
Las Ranas, al verla tan lanzada, se precipitaron al agua,
por aquello de que *vale más un por si acaso que un quien pensara.*
Tal movimiento alertó a la Liebre e incluso le produjo extrañeza.
«¿Es posible –preguntóse–, que mi propio miedo cause terror en
otros?»
Curioso, sí.
Pero es que no existe cobarde ni en la tierra ni en el mar,
que otro de más cobarde no pueda encontrar.

LOS DOS RATONES, EL ZORRO Y EL HUEVO

Buscando el diario sustento dos Ratones hallaron un Huevo,
suficiente manjar para ellos.
Dispuestos estaban a partirse el alimento
cuando el hocico asomó por el entorno un peligroso Zorro.
Desagradable encuentro para los roedores.
¿Cómo salvar el Huevo?
Aguzaron el ingenio los Ratones y uno de ellos dio
con el método. Se puso lomo en tierra y producto de gallina
en la barriga, cola extendida adelante para que el compañero
les arrastrase a ambos.
Después de comprobar esta experiencia.
¿quién dudar puede de la animal inteligencia?

A veces un buen golpe de efecto sorprende al enemigo,
dejándolo estupefacto,
¡por muy Zorro que sea!

LA LIGA DE LAS RATAS

Un Ratón temía a un Gato.
¿Qué hacer en ese estado?
Prudente y cuerdo el roedor,
consultó a su vecina, una Rata ya
.experimentada, alojada en buena hostelería.
Ella, que se vanagloriaba de eludir y burlar
felinos, dijo al encogido Ratón: «No temas Gato ni Gata,
ni golpe de diente, ni golpe de pata».
El Ratoncito quería menos consejos y más soluciones,
por lo cual la Rata, molesta, repuso: «Yo sola, no puedo
cazar al Gato que te amenaza».
Se convino en consecuencia, llamar a cónclave
a todas las ratas de los alrededores.
El resultado fue que decidieron ausentarse
del lugar donde moraba tan diabólico minino.
Cada rata preparó su equipaje, pedazo de queso
al zurrón, y todo dispuesto para emprender el viaje.
Hay quien propone un enfrentamiento masivo
contra el Gato.
«¡Hay que jugárselo todo a una carta!»
Pero el felino sigiloso interrumpió el conciliábulo,
con su destreza de hábito, echando dientes
al cuello del ratoncito que había promovido tal concilio.
Las Ratas más adultas hicieron amago de enfrentarse
al Gato. Pero éste, tras sacudir con violencia la
presa hasta desnucarla, lanzó bufidos de cólera
al tiempo que mostraba sus peligrosas garras.
La valentía de la soldadesca ratonil no llegó a tanto,
pues se impuso la cordura y la prudencia.
Emprendieron veloz retirada,
colándose como flechas en sus respectivos agujeros,
abandonando el ratón a su triste destino.
Confiar en los demás no siempre soluciona nuestros problemas,
más bien (o más mal) los agrava.

DAFNE Y ALCIMADURO

Antiguamente una joven maravilla despreció de Dios
el poder soberano: se llamaba Alcimaduro.
Fiero y salvaje objeto, siempre corriendo al bosque,
siempre saltando hacia las presas, bailando sobre la hierba...
Pástora de bella raza le ama para su desgracia: Dafne.
«Yo espero morir por la hermosura de vuestros ojos –dijo él–,
pero sé que mis ansias de mi libertad hacen que os resulte
odioso».
Dafne, entristecida, mirada baja y pupilas llorosas, suspiró
mientras Alcimaduro, proseguía:
«Y no me asombra que así me considere el resto de vosotros,
que me rechazáis igual que si de un placer funesto de mi padre
yo me tratara. No obstante, bella dama, quiero poner a vuestros
pies la herencia de un corazón salvaje, libre, pero enamorado».
Tras mirarla profunda, penetrantemente, acabó diciendo:
«Renovando las flores de todos los altares del mundo,
erigiré a diario miles de monumentos al pie de los cuales
se grabará vuestro nombre, mi princesa».
Dafne no pudo resistirlo, murió de amor.
Mientras la sombra de Dafne a la Estigia ha descendido
estremece y asombra la llamativa corona de flores que
su frente ostenta como tributo de los amores salvajes
de quien era fiel e infiel, constante e inconstante...
Todo el Erebo entendió aquel bello sacrificio homicida.
Hay amores que matan, ciertamente.
Pero morir de amor es dulce placer que hasta en el Olimpo envidian;
hacerlo de enfermedad vana, triste y odioso.
Incluso la brutalidad de Alcimaduro fue capaz de inspirar una
muerte maravillosa.

EL HOMBRE Y LA PULGA

A menudo incordiamos a los Dioses con ruegos impertinentes;
incluso, por motivos indignos de nosotros mismos.
Tenemos la convicción de que el Cielo ha de estar
pendiente de nuestras absurdas iniquidades.

Una Pulga a un Mentecato le mordió en el trasero,
yendo luego el insecto a esconderse entre los pliegues
de la sábana. ¡Clamó el Hombre a todas luces exasperado!:
«¡Oh Júpiter!, ¿por qué no extirpas de la tierra esta
maldita raza? Te pido que me concedas tal venganza».
Para liquidar una Pulga pretendía el Mentecato que
los Dioses le prestaran truenos, tormenta y rayos.

EL TORRENTE Y LA RIA

Con estrépito y fragor un Torrente devastaba las
montañas galopando sobre ellas con caudal desafiante.
Ningún viajero se atrevía a cruzarlo, excepto uno
acosado por ladrones, que decidió elegir el que
consideraba menor entre dos males.
El agua rugía amenazando devorar al nadador,
que con desespero trataba de interponer el Torrente
entre él y los amigos del ajeno.
Conforme avanzaba diose cuenta de que el miedo
no era tan grande ni tampoco el peligro.
Y eso lo envalentonó, llenándole de coraje.
Los ladrones nada dispuestos a abandonar su presa,
iban siguiéndolo desde cerca por entre riscos y peñascos,
hasta que tropezaron con una Riera, que ofrecía aspecto
tranquilo y mostraba aguas plácidas de fácil acceso.
Pero antes había llegado a ella el fugitivo,
lleno de coraje (lo hemos dicho), lanzando un suspiro
de alivio: «Estoy salvado...» Los ladrones, pese a la tranquilidad,
no quisieron correr riesgos. Pero el hombre sí deseaba alejarse
al máximo de ellos.
Se internó por la Ribera (Ría) sin precauciones, libre de cacos
pero no de la Estigia.
Y de pronto las aguas plácidas y tranquilas, al recibir borbotones
del Torrente, entraron en turbulenta erupción, arrastrando al confiado
nadador, que despertó en brazos de la Parca.
¡Y es que no hay que fiarse de las aguas mansas!

UN LOCO Y UN ERUDITO

De un Erudito a golpes de piedra, cierto Loco seguía el ejemplo.
El Erudito se volvió y dijo: «Amigo mío, buen trabajo. Ten este
escudo que te lo has ganado; pero para ganar tan poco creo que te
esfuerzas demasiado. Se dice que todo sacrificio es digno de jornal,
cierto. ¿Ves aquel hombre que pasa? Nadie sabe cuánto vale.
Obséquiale con tus dones y recibirás una excelente soldada».
Estimulado por la ganancia y el consejo, el Loco igual esfuerzo
(piedra en ristre) dedica al otro.
Pero esta vez no le pagan en dinero.
Lo atrapan unos criados de librea para obsequiarlo con un más
que regular vapuleo.
No faltan cerca del Rey astutos bufones:
hacen reír al amo mientras el Loco paga los platos rotos.

EL SIMIO

En París existe, o existió algún día,
un Simio al que se le dio esposa.
Y a ella Simio, desde luego, no marido.
¡Porque la pobre, cómo recibía!
Tanto la mano al Simio se le pasó
que la Parca se hizo cargo de la mujer.
El hijo, compadeciéndola, lloraba.
Pero el padre reía.
Ella ya estaba muerta.
Trató de buscarse nuevas amantes a las que «calentar»
como a la difunta.
Pero no se movía de la taberna, emborrachándose un día sí
y otro también.
¿Qué puede esperarse del pueblo imitador?
Lo mismo da que sea Simio que Literato.
Plagiar es mucho peor.

LA EDUCACION

César y Laridón, hermanos y fruto de un famoso linaje
de canes, bellos, valientes, corajudos,
hace tiempo que a distintos amos fueron encomendados.
Llevaban ya otros nombres en alzarse el telón de la Fábula.
Habían recibido diferente cultura: en uno se inculcó el amor
a la Naturaleza, mientras que el otro la arrasaba.
César héroe de muchas aventuras, acorraló a un Ciervo,
abatió a un Senglar y fue el primer César que a una perra
encintó.
Laridón, negligente, dispensó su paternidad quien sabe a
cuantas trashumantes; su raza de esta guisa se convirtió
en una tropa esparcida por toda Europa, formando una dinastía
aparte de la de su hermano César, con herederos esquivos y
guerreros como el padre.
Es difícil seguir del progenitor la carrera,
ya que con el tiempo la descendencia degenera.
Dejando de cultivar la Naturaleza sus dones,
¡cuántos Césares no acaban convertidos en Laridones!

MUCHO DE NADA

No veo en parte alguna criatura que
se comporte con discreción.
Hace falta un cierto tacto; el Creador,
.maestro absoluto de la Naturaleza,
quiere que en todo se observe tal exquisitez.
¿Se observa? ¡No!
En bien o en mal no se alcanza la medida.
El cielo permitió a los humanos castigar de los
animales ciertos desmanes.
Por ejemplo, el Hombre, hubo de poner coto,
a las tropelías del Lobo.
Pero los del raciocinio abusaron de sus poderes,
como antes lo hicieran los Lobos.
De todos los animales –racionales e irracionales–,
el hombre es el más tendente a pecar siempre por exceso.
Sería bueno que jóvenes y viejos se sometieran a proceso.
No sabemos de alma que en este punto no peque: «Mucho de nada»,
seguro.
Todos lo repiten y censuran: pero, ¿alguien hace caso?

EL MILANO Y EL JILGUERO

El Milano, ladrón de cierta fama, había hecho cundir
la alarma por los aledaños,
pero armado de gran valor un Jilguero cayó bajo su mano.
El heraldo de la primavera imploró gracia:
«¿Qué ganarás si me comes?,dijo entre armoniosos trinos. Añadiendo:
Deja que con mi habitual gracia te refiera de Teseo la desgracia. ¿Es
buen alimento Teseo para los Milanos? No, claro. Teseo es el nombre
de un Rey de Tracia que de sus aventuras me cobró alto precio. La
historia te encandilará de tan hermosa, sobre todo contada con mi
gracia».
Entonces replicó el Milano:
«¡Pues sí que vamos bien, Jilguerito! Llevo semanas en ayunas y tú,
vienes a contarme historias musicales».
«Te hablo de Reyes», puntualizó el pájaro.
«Me parece magnífico. Cuando te cace un Rey, háblale de canciones y
de historias... Pero no a un Milano incapaz de escuchar con el
vientre vacío».

LA ARAÑA Y LA GOLONDRINA

Una Araña, otro tiempo laboriosa y tejedora,
elevaba sus lamentos a los Dioses,
ante la escasez de alimentos que llevar a la
boca de su prole.
La Golondrina, pendiente de su presa,
a despecho del arácnido, picoteaba entre las moscas
presas en la telaraña, pensando también en sus crías,
en ella, y en la alegría que le proporcionaba aquel
inesperado condumio.
La pobre Araña ofuscada en sus lamentos,
tardó en darse cuenta de que se avecinaban
peores eventos.
Porque la Golondrina en vuelo raso,
deshizo la bien tejida tela capturando a todos los
que en ella estaban prisioneros, Araña incluida.

Zeus ha creado dos estilos de mesas redondas.
Listos, forzudos, astutos y ligeros, suelen tomar asiento
en las primeras; los más pequeños están condenados a conformarse
con las migajas que en aquéllas quedan.

LA PERDIZ Y LOS GALLOS

Entre un grupo de Gallos peleones y poco atentos,
en constante bronca y sucesivas turbulencias,
se criaba una Perdiz.
Ser hembra y el derecho a la hospitalidad,
de parte de aquellos Gallos, gente librada al amor,
le cabía esperar consideración y urbanidad.
Con toda aquella gente, a diario enfurecida,
la Perdiz no dejaba de sorprenderse de los buenos
modales con que la trataban.
Pero como siempre y en cuanto uno del gallinero
perdió la locura, a la Dama todos picotearon
sin la menor compostura.
Primero sintióse consternada,
pero acostumbrada al griterío diario y la batalla,
se dijo para sí: «Seguro que lo hacen sin maldad, es su forma
de ser. Debo conformarme y comprenderlos».
¡Qué remedio!
Júpiter ha creado las diferentes naturalezas:
Gallos, Perdices...
Pero no ha establecido que compartan pesebre.
Para que la vida compartan Perdices y Gallos,
deberían recortarse las alas y picos de los encrestados rojos.
Más o menos así le sucede al hombre, que vive en revuelto
gallinero.

UN PERRO AL QUE LE HABIAN

CORTADO LAS OREJAS

«¿Qué habré hecho para verme así, si mi propio amo
me mutila?
Delante de otros perros, ¡ay de mí!, ¿cómo presentarme
puedo?»
Estas eran las quejas lastimeras de un perro al que
le fueron cortadas las orejas.
Alguien le hizo comprender, por piedad o por razones,
la de sinsabores de que su amo acababa de librarle.
«Llevas un collar de pinchos que tu cuello bien defiende,
pues bien, dime ahora, sin orejas, ¿por dónde te atrapará
el Lobo si se presenta?»
El Can no supo qué responder.
Y es que para defender con inteligencia basta, a veces,
limitar las defensas que sólo constituyen debilidades
que el enemigo puede utilizar fácilmente.

LA LEONA Y LA OSA

Mamá Leona había perdido sus cachorros a escopeta de
cazador. La pobre rugía en lastimero arrebato,
y los ecos de su desgracia llegaban a todos los rincones
de la Selva.
Ningún otro animal dormía ni hallaba descanso
porque el desespero de la Leona no conocía sosiego ni tregua.
Por fin la Osa se atrevió a decirle: «¿Comadre, todas las
criaturas que han conocido vuestros incisivos cortantes,
carecían de padre y madre? ¿Os imagináis que todos ellos poblaran
la Selva de infinitos e interminables lamentos? ¿O es que sólo
tenéis derecho vos a manifestar vuestro dolor? Si los demás
sus penas sufren en silencio, ¿sería mucho pedir que vuestra alteza
los imitase?»
La Leona, montó en cólera hecha un gran y rugiente
basilisco. Exclamando: ¡Pero...! ¿Cómo te atreves, maldita? ¿Que me
calle yo... YO? Yo que he perdido mis hijos y deberé arrostrar una
vejez atormentada.»
Algo parecido les ocurre a los humanos.
Campan por sus respetos y atropellan a los débiles,
pero del Cielo se acuerdan cuando uno de más fuerte les arrolla.
Y es que solo el tronar nos hace de Santa Bárbara acordar.

EL GATO VIEJO Y EL RATONCITO

El Ratoncito sin experiencia creyó enternecer a un Gato
implorando clemencia.
«Deja que viva un Ratoncillo de mi esmirriada
corpulencia, pues presa más criada has de hallar,
a poco que tengas paciencia. No seas conmigo severo,
resérvame como pienso para tu heredero».
Con un sordo mejor se hubiese entendido,
¿cómo pensó el Ratón que de aquel malnacido
podía esperar perdón?
Gato Viejo no escucha ni lamento ni consejo.
El Ratoncito no fue despensa de gato heredero,
por considerar el Gato Viejo que él estaba primero.

La juventud sueña y argumenta mil razones,
ignorando que de viejo no se hacen concesiones.

EL ZORRO, LAS MOSCAS Y EL ERIZO

Las huellas sangrientas de un herido huésped del Bosque,
Zorro sutil y hábil como pocos hay,
quedaron manifiestas en la hierba por tiros de cazador,
mientras el animal se desplomaba en las inmediaciones de un fangal.
La sangre atrajo a los parásitos alados y acudieron Moscas mil
a revolotear por encima del abatido Zorro.
Tan orgulloso depredador, otrora de los demás terror,
se lamentaba de que tan ingrato destino a las ruines
Moscas le brindara.
Pero cuando la tragedia del Zorro a punto de consumarse estaba,
surgió de la vecindad un lento y torpe Erizo, poco dado a Fábulas,
que le dijo: «No te preocupes, compañero. Verás como con mis púas
las ensarto a centenares».
«No lo hagas, hermano –rechazó la ayuda el Zorro con voz lastimera–,
que ésas sólo son la avanzadilla. Una nueva brigada se abatiría sobre
mí, más hambrienta todavía y a buen seguro más despiadada. Este es mi
destino y no puedo luchar contra él».
A todos juntos, Aristóteles, los inscribió en la Fábula.
Ejemplos que la ilustran, son comunes,
sobre todo en el mundo en que vivimos.

LOS DOS MULOS

Dos mulos caminaban, cargado de avena el uno, llevando el otro la plata de los impuestos.

Orgulloso el segundo con carga tan solemne, avanzaba altivo y fiero, tintineando su campanilla. Mas en esto, se presentan los bandidos, queriendo robar la plata y sobre el mulo del fisco se precipita una tropa para agarrarle del freno. Al defenderse el mulo, recibe las cuchilladas, y exclama quejumbroso entre suspiros:

–¿Esto tal me prometieron? El otro mulo, del peligro se ha salvado, y yo caí en él y me estoy muriendo.

–No siempre, amigo –repuso su compañero–, conviene un alto empleo; si como yo sirvieras al amo de un molino no estarías ahí tan grave.

LA CIGARRA Y LA HORMIGA

Cantó la cigarra el verano entero, y al llegar el frío se encontró sin nada: ni una mosca, ni un gusano.

Fuese a llorar su hambre a la hormiga su vecina, pidiéndole para vivir que la prestara grano hasta la estación venidera.

—Te pagaré —le dijo— antes de la cosecha la deuda con sus réditos; a fe mía.

Mas la hormiga no es generosa; éste es su menor defecto.

—¿Qué hacías tú cuando el tiempo era cálido? —preguntó a la necesitada.

—Cantaba noche y día libremente.

—¿Conque cantabas? ¡Me gusta tu frescura! Pues baila ahora, amiga mía.

LA GOLONDRINA Y LOS PAJARILLOS

Aprendió una golondrina muchas cosas en sus viajes. Quien mucho ha visto, mucho tal vez sabe. Y así la golondrina adivinaba incluso las tormentas, avisando antes de que estallaran a los marineros.

Sucedió que en época en que se siembra el cáñamo vio la golondrina a un rústico cubrir surcos y más surcos.

—No me gusta esto —dijo a los pajarillos—, y por vosotros lo siento, que yo, ante tan grave peligro, me alejaré o iré a vivir en cualquier parte. ¿Veis esa mano que hiende el aire? Pues un día llegará, y no está lejos, en que lo que siembra será vuestra perdición. De ahí nacerán lazos para cogeros y jaulas para encerraros; mil ramas, en fin, llegada la estación, de vuestra cárcel o de vuestra muerte. ¡Cuidado con las jaulas! ¡Cuidado con los lazos! Creedme a mí —añadió la golondrina—, y devorad esos granos.

Burláronse los pájaros de la golondrina: por todos los campos encontraban harto qué comer. Cuando el cáñamo verdeció la golondrina aconsejó:

—¡Arrancad brizna a brizna la planta que ha nacido de ese grano maldito o descontad vuestra ruina!

—¡Calla, agorera, charlatana! —le contestaron—. ¡Hermoso trabajo nos propones! ¡Teníamos que ser miles para picar el cañamar entero!

—Puesto que no me creéis —siguió la golondrina—, cuando veáis sembrada toda la tierra y a las gentes, dejando los trigales, partir en guerra contra los pajarillos cazándolos con lazos y con redes, no voléis de un lado para otro: guardaos en el nido o mudad de lima, imitando al pato y a la grulla o a la chocha. Mas no podéis, como nosotras, cruzar los mares y los desiertos, ni buscar otros mundos. Sólo tenéis un partido seguro: encerraros en el agujero de una pared cualquiera.

Cansados los pajarillos de escucharla, pusiéronse a parlar de modo tan confuso como los troyanos cuando la pobre Casandra intentaba tan sólo abrir la boca. Y sucedió a los unos como a los otros: miles de pajarillos cayeron en esclavitud.

Sólo escuchamos a nuestros propios instintos, sin creer en el mal hasta que llega.

EL LOBO Y EL CORDERO

Siempre razón del fuerte fue importante,
como vamos a ver en un instante.

Apagaba su sed un corderillo en la corriente de una onda cristalina. Llegó en esto un lobo hambriento en busca de aventura.

—¿Quién te hizo tan osado —dijo furioso este animal— que te atreves a estorbarme? ¡Por tu atrevimiento vas a ser castigado!

—Señor —respondió el cordero—, no se enfade vuestra majestad: iré muy a gusto a apagar mi sed en la corriente veinte pasos más abajo, y así no podré estorbarle cuando beba.

—Pues sí me estorbas —repuso el cruel animal—; y sé además que el año pasado hablabas mal de mí.

—¿Cómo es posible, si aún no había nacido? —contestó el cordero—. ¡Todavía mamo la teta de mi madre!

—Pues si no eres tú, entonces es tu hermano.

—No tengo ninguno.

—Entonces es alguno de los de tu calaña y da lo mismo, porque todos vosotros, vuestros pastores y vuestros perros, no me perdonáis. ¡Me lo han dicho y tengo que vengarme!

Y añadiendo el dicho al hecho, llevóse el lobo al corderillo a lo profundo del bosque, devorándole allí sin más explicaciones.

EL RATON CORTESANO Y EL CAMPESTRE

Invitó el ratón cortesano al ratón campestre con mucha cortesía a un banquete de huesos de exquisitos pajarillos. Sirviendo de mantel un tapiz de Turquía, fácil es comprender la vida regalada de los dos amigos. Pero alguien turbó el festín en el mejor momento.

En la puerta de la sala oyeron de pronto un ruido: huye el ratón cortesano, seguido de su compañero. Cesa el ruido; se va la gente; vuelven a la carga los ratones. Y dice el ratón ciudadano: «Terminemos el banquete».

–No, basta –responde el rústico–; ven mañana a mis dominios, aunque no me pico de dar en ellos vuestros festines de rey; pero nadie me interrumpe, pudiendo comer tranquilo. ¡Adiós, amigo! ¡Poco vale el placer cuando el temor lo amarga!

EL LEÑADOR Y LA MUERTE

Un anciano leñador, cargado con el peso de su haz de ramas y de sus años, caminaba fatigosamente, encorvado y quejumbroso, tratando de alcanzar su mísera cabaña. No pudiendo al fin con su dolor y su fatiga, suelta en tierra su carga y piensa en su desdicha. ¿Qué placer conoció desde que vino al Mundo? ¿Hay alguien más pobre que él en la redonda Tierra? Muchas veces sin pan y jamás con reposo; la mujer y los hijos, los soldados que pasan, los impuestos, el usurero y la gabela son para él cumplido retrato del desgraciado.

Llama, pues, a la Muerte, que acude sin tardanza y ésta le pregunta para qué la quiere.

—¡Para que me ayudes a cargar la leña! —le dice—. No te retrasará gran cosa.

La muerte todo lo cura; pero antes sufrir que morir prefieren todos los hombres.

LA JUNTA DE LOS RATONES

Un gato llamado Rodilardo hacía tal matanza de ratones, que apenas se veía uno de tantos como había metido en sepultura. Los pocos que aún quedaban, sin atreverse a salir de su agujero, se hallaban reducidos a comer su hambre. A sus ojos Rodilardo pasaba no por un gato, sino por un diablo carnicero.

Una noche que Rodilardo partió hacia los tejados en busca de su dama, y mientras con ésta se entregaba descuidado a la orgía los ratones tuvieron junta en un rincón sobre su necesidad urgente. Desde el principio el decano, varón más que prudente, sostuvo que tarde o temprano había que colgar un cascabel del cuello de Rodilardo, de modo que cuando éste partiera en guerra contra ellos, pudieran todos esconderse bajo tierra advertidos de su presencia. Tal era el remedio, y no había otro.

Fueron todos de la misma opinión; nada les pareció más a propósito. Sólo había una dificultad: poner el cascabel al gato. Un ratón dijo: «¡Yo, por mí, no voy; no soy tan tonto!» Y añadió el siguiente: «¡Yo no sabría hacerlo!» De tal manera que al fin se separaron sin adoptar acuerdo.

Muchas vanas reuniones así he visto, y no de ratones, sino de grandes personajes. Para deliberar, la corte está llena de consejeros; para cumplir, nunca nadie comparece.

EL LEON Y EL MOSQUITO

–¡Pobre insecto, excremento de la tierra, vete lejos de mí! –con estas palabras un día hablaba el león al mosquito–. Este le declaró la guerra.

–¿Acaso crees –le dijo– que tu título de rey me asusta? Un buey es tan fuerte como tú, y hago con él lo que quiero.

Apenas había terminado de soltar estas palabras cuando él mismo tocó la carga, siendo el trompeta y el héroe al mismo tiempo. Primero se aleja; toma luego carrerilla y cae sobre el cuello del león, enloqueciéndolo casi. El animal echa espumarajos; de sus ojos brotan chispas; ruge. En todo el contorno las bestias se esconden, y esta alarma universal es obra del mosquito. Este aborto de una mosca le azuza por mil sitios: ora le pica en el lomo, ora en el hocico, ora entra hasta el fondo de la nariz y su furia entonces no conoce límites.

Triunfa el invisible enemigo, riéndose al ver que no hay uña ni diente del animal enfurecido que no se encargue de desangrarlo. El infeliz león se desgarra a sí mismo; castígase los flancos con la cola, sacudiendo con furia el aire; la fatiga le abate, cayendo al fin agotado y vencido.

El insecto se retira del combate con gloria. Y como antes tocara a la carga, toca ahora victoria. Y yendo a anunciarla dondequiera, tropieza en el camino con la tela de una araña, encontrando también su fin en ella.

¿Qué podemos aprender en este cuento? Dos cosas, según veo. Una es que entre nuestros enemigos a menudo son más peligrosos los más pequeños; la otra, que uno que pudo escapar de los grandes peligros, vino a perecer en un minúsculo tropiezo.

EL LEON Y EL RATON

Seamos, tanto como podamos, generosos con todo el mundo, pues a menudo necesitamos la ayuda de alguien más débil que nosotros. De esta verdad dos fábulas darán fe en un instante.

Saliendo de un agujero harto aturdido, un ratoncillo fue a caer entre las garras de un león. El rey de los animales, demostrando quién era, le perdonó la vida. Generosidad que no fue vana, porque ¿quién hubiera creído que el león pudiera tener deuda de gratitud con un simple ratoncillo?

Sucedió que al salir de sus selvas el león cayó en unas redes, de las cuales no podían librarle sus fieros rugidos. Acudió el ratoncillo y trabajó tan bien con sus dientes, que una vez roída una malla, el león desgarró la trama entera.

Pueden más la paciencia y el tiempo que la ira y la fuerza.

EL PAVO REAL QUEJANDOSE A JUNO

—No me quejo, no murmuro, diosa, sin motivo —decía el pavo real a Juno—. El canto que me has dado, desagrada a la Naturaleza toda; en cambio, el ruiseñor, insignificante pajarillo lanza dulces y vibrantes sonidos; él por sí solo es el encanto de la primavera.

Irritada Juno, respondió al instante:

—¡Pájaro envidioso, debes callarte! ¿Puedes envidiar la voz del ruiseñor? Alrededor del cuello luces un arco iris de cien tonos de seda, y desplegando ante nuestros ojos una cola que parece la vitrina de un joyero, presumes orgulloso. ¿Cuál otra ave bajo el cielo, como tú, está hecha para agradar? Ningún animal tiene todas las virtudes: dimos a unos la fuerza y el tamaño; el halcón es veloz, y el águila valiente; el cuervo tiene sus garras, y la corneja advierte las desgracias futuras. Todos viven contentos con su suerte. ¡Cesa ya tus lamentos, o, para castigarte, te quitaré las plumas!

EL MOLINERO, SU HIJO Y EL ASNO

Quiero contar una historia, inventada con ingenio, que en otro tiempo Malherbe refirió a Racán. Entrambos rivales de Horacio, herederos de su lira y discípulos de Apolo, confiábanse un día sus ideas y cuidados. Racán empieza del siguiente modo:

–Decidme, vos que tantas cosas conocéis de la vida, luego de pasar por todos sus escalones, y a quien en edad tan avanzada nada es fácil que se le escape: ¿qué camino debo seguir? ¡Ya es hora de que en ello piense! Conocéis mi cuna, mi fortuna y mi talento. ¿Debo establecerme en la provincia, sentar plaza de soldado o buscar un cargo en la corte? Todo en el mundo es una mezcla de amargura y de encanto: la guerra tiene sus bellezas, y el himeneo sus alarmas. Si siguiera mi gusto, ya sabría adónde dirigirme. ¡Pero debo contentar a los míos, al pueblo y la corte!

–¿Contentar a todo el mundo? Escuchadme esta historia antes de responderos. He leído en cierta parte que un molinero y su hijo, viejo el uno y el otro mozalbete, iban un día de feria a vender su asno. A fin de que llegara fresco y con mejor prestancia, atáronle los pies y lo suspendieron de un palo, transportándole padre e hijo como si fuera una lámpara. El primero que los vio en esa guisa, exclamó entre carcajadas: «¿Qué función van a representar esos rústicos? ¡No es el más burro de los tres al que por tal se tiene!» Oyendo el molinero estas palabras, comprende su ignorancia y planta al asno sobre sus patas. Este, regalado con la otra forma de viaje, protesta en su lengua; pero el mólinero, sin cuidarse de sus quejas, monta en aquel a su hijo y él marcha detrás.

Aciertan a pasar tres honrados mercaderes, y el más viejo grita al mozalbete: «¡Vaya, jovencito, vaya! ¿Conque criados de barba cana? ¡Qué vergüenza! ¡Desciende del borrico y que suba el anciano!» «Os daremos gusto, caballeros, responde el molinero, y se apea el jovenzuelo, montando el viejo en el borrico. Pasan luego tres muchachas, y una de ellas prorrumpe: «¡Ved qué escándalo: el pobre niño arrantrándose, y ese haragán presumiendo en su asno como un obispo!». Piensa el molinero que el reproche es justo, y manda a su hijo que suba a la grupa. Pero al cabo de treinta pasos, una nueva tropa critica también al verlos; uno de ellos dice: «¡Mentecatos! ¡Cargar así a la pobres bestia! ¿No se compadecen de su viejo criado? ¡Encima irán a la feria para vender su pellejo!» «¡Demonio –exclama el molinero–, loco de remate está quien intente contentar a todo el mundo! Pero veamos si aún es posible conseguirlo». Se apean padre e hijo; el asno, sin la carga, marcha delante de ellos. Un quídam los encuentra y les pregunta: «¿Está de moda que el burro se solace y el molinero padezca? ¿Quién ha nacido para descansar: el amo o el asno? ¡Cuidan al burro y gastan las suelas! ¡Valiente trío de borricos!» A lo que replicó el molinero: «Verdad que soy un asno; lo confieso. En adelante, me alaben o me censuren, digan o dejen de decir, haré lo que me parezca». Hízolo así, y lo hizo bien.

En cuanto a vos, amigo, seguid a Marte o el Amor o al príncipe; id, venid, galopad, vivid en la provincia; buscad mujer, convento, cargo o mando; es lo mismo: las gentes hablarán de ello, no lo dudéis un instante.

EL LOBO PASTOR

Un lobo que empezaba a verse alejado de las ovejas de su comarca, pensó que necesitaba imitar a la zorra y convertirse en un nuevo personaje. Vístese, pues, de pastor; se pone una zamarra, coge el palo de cayada, sin olvidar tampoco el cuerno, y con ganas hubiera escrito en la montera: «Soy Manolón, pastor de este rebaño».

Transformado de esta guisa, echa los pies delante de la cayada, y el falso Manolón se acerca con cautela a Manolón el verdadero, tendido sobre la hierba, durmiendo profundamente; dormía también su perro; asimismo dormía la flauta, y la mayoría de las ovejas dormían igualmente. Dejóles dormir el ladino, y para conseguir arrastrar a las ovejas hacia su madriguera, quiso añadir al disfraz la palabra, creyéndolo necesario, con lo que echó a perder el asunto. Queriendo imitar la voz del pastor, logró tan sólo que el tono con que habló retumbara en el bosque, descubriendo su añagaza. Al ruido todos se despertaron: las ovejas, el zagal y el perro. En medio del estruendo, el pobre lobo, impedido por su zamarra, no pudo ni huir ni defenderse.

Siempre los bribones se dejan sorprender por algún descuido. El que sea lobo, que obre en lobo; esto es lo más seguro.

LAS RANAS PIDIENDO REY

Cansadas las ranas del estado democrático en que vivían hicieron tanto ruido con sus clamores, que, al fin, Júpiter las sometió el poder monárquico, enviándoles desde el cielo un rey completamente pacífico.

Pero este rey al caer en su charca causó tan gran estruendo, que el pueblo que la habitaba, gente necia y muy miedosa, se ocultó bajo las aguas, en los juncos y en las cañas, en toda clase de agujeros, sin atreverse durante mucho tiempo a mirar cara a cara al que tenían por un gigantón truculento.

Ahora bien: era un madero, cuya rigidez aterró a la primera rana que para verle se aventuró a salir de su agujero. Acercóse a él, aunque temblando. Otra la siguió; luego una más y, por fin, aquello fue un hormiguero. La tropa, al cabo, cobrando confianza, llegó a saltar sobre el lomo del rey-madero. Todo lo aguanta éste, guardando siempre silencio.

No tardaron con sus gritos en alborotar de nuevo la cabeza de Júpiter.

—¡Dadnos un rey que se mueva! —clama el pueblo del pantano. Y el monarca de los cielos les envía una grulla que empieza a atrapar ranas, a matarlas y engullirlas.

Las ranas de nuevo se quejan. Y Júpiter les dice:

—Debisteis conservar vuestro primer gobierno, y no lo hicisteis, tampoco os satisfizo vuestro primer rey, bonachón y tranquilo. ¡Contentaos, pues, con éste, no sea que encontréis otro más malo!

LA ZORRA Y LAS UVAS

Cierta zorra gascona, otros dicen que normanda, de hambre casi muerta, colgando de una parra, vio unas hermosas uvas, cubiertas de piel bermeja. ¡Gran banquete se hubiera dado la bribona! Pero no pudiendo llegar a ellas, dijo:

—¡Puah, están verdes! ¡Quédense para los gañanes!

¿Qué mejor podía hacer que desdeñarlas?

EL LOBO Y LAS OVEJAS

Tras mil años y más de guerra, concertaron la paz los lobos con las ovejas. Esta parecía convenir a las dos partes, pues si los lobos devoraban alguna que otra oveja descarriada, los pastores, en cambio, con sus pieles se hacían excelentes zamarras. Así no había libertad para los pastos ni tampoco para las matanzas. Disfrutaban unas y otros de sus bienes, temblando siempre de miedo. Firmóse, pues, la paz, con cambio de rehenes, en las formas de costumbre y en presencia de comisarios: dieron los lobos sus crías, y las ovejas sus perros.

Al cabo de cierto tiempo, los lobeznos ya eran lobos, con ansias de hacer una carnicería; esperan el momento en que están ausentes los pastores, y degüellan a la mitad de los corderos, escogiendo a los más gordos y llevándoselos con los dientes a los bosques, después de advertir en secreto a sus parientes. Los perros, mientras tanto, confiados en el tratado murieron degollados, sin que escapara uno solo.

Podemos sacar de aquí la conclusión siguiente: que a los malvados conviene hacer sin descanso la guerra. En sí la paz es buena, esto lo acepto; pero ¿de qué sirve con enemigos de mala fe?

FILOMENA Y PROGNE

Progné, la golondrina en otro tiempo, se alejó de su nido para reunirse en el bosque con la infeliz Filomena[1].

–¿Cómo te va, hermanita? –le dijo–. ¡Hace ya mil años que no nos vemos! No recuerdo que hayas venido desde los tiempos de Tracia a vivir entre nosotras. ¿Qué piensas hacer ahora? ¿No abandonas este lugar solitario?

–¡Oh! ¿Es que no hay otro más benigno? –repuso Filomena.

–¿Cómo? –exclamó Progné–. ¿Para qué te sirve esa voz musical si solo cantas a los animales o cuando más a un rústico? ¿Hízose el desierto para talentos tan hermosos? ¡Ven conmigo a las ciudades a dar brillo a sus bellezas! Viendo además estos bosques, recordarás constantemente que Tereo un día, en parecida morada, brutalizó tus divinos encantos.

–Justamente por el recuerdo de tan cruel ultraje –replicó su hermana– no quiero seguirte. ¡Contemplando a los hombres, aún más lo recordaría!

---

1. Otra leyenda mitológica: Filomena, hija de Pandión, rey de Atenas, y hermana de Progné, mujer de Tereo, rey de Tracia, fue violada por su cuñado, el cual le cortó la lengua después para que no pudiera descubrirle. Pero Filomena pintó en un lienzo la escena y se lo mandó a su hermana Progné. Las dos hermanas, para vengarse, mataron a Itys, hijo de Tereo, sirviéndoselo en un banquete. Ambas escaparon al furor de Tereo, pero fueron cambiadas en ruiseñor (Filomena) y en golondrina (Progné).

EL GATO Y EL RATON VIEJO

En un fabulista he leído que un segundo Rodilardo[1], Alejandro de los gatos y Atila de los ratones. Cancerbero exterminador, era el terror del mundo ratonil en una legua a la redonda, pues se había empeñado en despoblar de ratones el Universo. Cepos y ratoneras eran un juego junto a este gato. Viendo ya que los ratones, encerrados en sus agujeros, no se atrevían a salir, sin encontrar ninguno por mucho que buscaba, el bribón se hace el muerto, colgado cabeza abajo de un madero, pero sujeto a éste por las patas.

El pueblo ratonil cree que se trata de un castigo; que ha robado un queso o tal vez un asado, arañado a alguien o causado algún daño, y que por eso ha sido al fin colgado. Todos esperan reírse en su entierro; asoman el hocico, luego la cabeza, por fin, las cuatro patas, y corren en busca de comida. ¡Pero no contaban con la huéspeda! El muerto resucita y atrapa a los más cercanos, diciendo al tiempo que los engulle:

–Es una vieja estratagema; vuestras hondas cavernas no os salvarán, os lo aseguro, pues sé más de un engaño.

Y decía verdad el muy ladino. Por vez segunda los engaña: blanquea con harina su pelaje y, disfrazado de tal suerte, se acurruca en un armario abierto. La menuda gentecilla corre a buscar la muerte. Sólo un viejo ratón de mucha escama, rabicorto en prepérida pelea, desconfía y se abstiene de acudir al cebo, gritando desde lejos al Atila:

–¡No me la das con queso, amigo, aunque parezcas harina! Fueras un saco y no me acercaría.

Apruebo su prudencia: era experimentado y sabía que la desconfianza es la madre de la seguridad.

---

1. Segundo Rodilardo con relación al primero, que aparece en Rabelais.

EL LEON ENAMORADO

En los tiempos en que los animales hablaban, los leones, entre otros, pretendían nuestra amistad. Y ¿por qué no, puesto que su raza entonces valía tanto como la nuestra, dotada como estaba de valor, de inteligencia y prestancia? Ved de qué manera ocurrió la cosa.

Un león de alta estirpe, al pasar por cierto prado, encontró a una pastora de la que enamoró al instante. Pidióla, pues, en matrimonio. Hubiera el padre deseado un yerno menos temible; dársela le parecía harto doloroso; negársela, poco seguro. Hasta fuera posible que ante su negativa, una buena mañana se efectuara una unión ilegítima, pues, aparte de que la muchacha se encaprichara fácilmente de un enamorado de hermosa cabellera. No atreviéndose, en fin, a dar calabazas al pretendiente, le dijo con buenas precauciones:

—Mi hija es harto delicada; con estas uñas podrías herirla al acariciarla; permitid, pues, que os las corten. En cuanto a los dientes, que al mismo tiempo os los limen; vuestros besos serán más dulces.

El león estaba tan ciego, que a todo consiente. Al cabo, sin uñas y sin dientes, parecía un fuerte desmantelado. Soltáronle entonces unos perros, y el león inválido apenas pudo defenderse.

¡Amor, amor! Cuando nos subyugas, ya podemos decir «¡Adiós prudencia!»

EL PASTOR Y EL MAR

Con la renta de un rebaño, viviendo sin cuidados, un vecino de Anfitrite se contentó durante mucho tiempo. Si pequeña era su fortuna, al menos era segura. Mas, al fin, los tesoros descargados en la playa le tentaron de tal manera, que acabó por vender su rebaño, trocándolo por dinero; pero éste, una vez colocado sobre las olas para dedicarlo al comercio, pereció en un naufragio. Viose obligado su dueño guardar de nuevo las ovejas, pero ya no como dueño, cuando sus propios carneros pacían en la ribera. El que se vio Tirsis o Coridón, se encontró cambiado en Pierrot, y muchas gracias.

Al cabo de cierto tiempo volvió a comprar un rebaño con sus ganancias, y un día en que los vientos, conteniendo su soplo, permitían a las naves abordar suavemente a la orilla, nuestro pastor les dijo:

—¿Queréis aún más dinero, oh aguas pérfidas? ¡Dirigíos a otro, que el mío ya no lo pescaréis otra vez!

Esto no es un cuento que yo haya inventado. Me sirvo de la verdad para enseñar con la experiencia, que más vale un escudo seguro que cinco en esperanza; que debemos contentarnos con nuestra suerte; que a los consejos del mar de la ambición debemos prestar oídos sordos, pues por uno que se regocije de escucharlos, diez mil se quejarán. Promete el mar montones de maravillas. ¡Desconfiad! Detrás vendrán los vientos y los ladrones.

EL LOBO, LA MADRE Y EL NIÑO

Ese lobo me recuerda a otro de su camada que fue pillado mejor todavía. Vamos con su historia.

Tenía un rústico su vivienda en sitio bastante alejado. Esperaba a la puerta el señor lobo por ver si caía algo, pues había visto salir de allí caza de toda clase: terneras, cabras y corderos, regimientos de pavos; en fin, abundantes provisiones. Pero el ladrón empezaba a cansarse de la espera, cuando oyó llorar a un niño. Ríñele la madre al momento y amenaza, si no se calla, con dárselo al lobo. El rapaz se prepara, dando a los dioses las gracias por semejante aventura. Pero la madre esta vez, acallando a su hijito, dice:

–¡No llores, niño; si viene el lobo lo mataremos!

–¿Qué es esto? –exclama el devorador de carneros–. ¡Primero dice una cosa, y luego otra! ¿A mí me tratan de este modo? ¿Me han tomado por un necio? ¡Que venga un día ese crío al bosque buscando grillos!

Mientras estaba en este monólogo, alguien sale de la casa; un perro le corta el paso; venablos y horquillas le atraviesan.

–¿Qué venías a buscar por estos lugares? –le pregunta.

Cuenta el lobo el asunto.

–¡Qué gracioso! –le dice la madre–. ¿Conque comer a mi hijo? ¿Lo he parido yo para que tú te hartes?

Pronto dieron fin del infeliz lobo. Un gañán le corta la pata derecha y la cabeza, que el señor del burgo puso de adorno a su puerta, con este letrero en torno:

«Señores lobos: no escuchen sus señorías a madre que acuna a un hijo».

EL OJO DEL AMO

Refugióse un ciervo en un establo de bueyes. Le advirtieron éstos que buscara mejor asilo.

–¡No me denunciéis, hermanos! –suplicó el ciervo–. Yo os enseñaré los mejores pastos. Quizá algún día este favor os será útil y no tendréis que arrepentiros.

Prometieron los bueyes guardar el secreto. Se oculta el ciervo en un rincón y respira confiado. Llega la noche y los criados llevan al establo, como todos los días, la hierba fresca y el forraje. Van y vienen los criados, y el mayordomo asimismo; ninguno ve los cuernos ni el ramaje, ni en suma al ciervo. Este, agradecido a los bueyes, espera que los gañanes vuelvan a sus labores para salir en un momento favorable. Un buey le dice, rumiando al mismo tiempo:

–¡Todavía no ha venido el amo! ¡No te alabes, pobre ciervo, que temo por ti la ronda del hombre de los cien ojos! Llega en esto el amo para hacer su visita acostumbrada.

–¿Qué es esto? –dice a sus gentes–. ¡Poca hierba veo en estos pesebres! Esta cama ya no sirve. Tenéis que cuidar mejor en lo sucesivo a estas bestias. ¿Qué cuesta quitar estas telarañas? ¿Por qué no colocáis en fila esos yugos y estos collares?

Y mirando a todas partes, ve una cabeza nueva en el establo. El ciervo está descubierto. Quién coge un venablo, quién da un golpe al animal. Sus lágrimas no le salvarán de la muerte. Una vez en salazón, sirve para más de un banquete, y más de un vecino en éste participa.

A este respecto, dice Fedro con gran elegancia: «Nadie ve mejor que el ojo del amo». Por mi parte añadiría: «Y el ojo del amante».

LA ALONDRA, SUS CRIAS Y EL AMO DEL CAMPO

Sólo confíes en tus fuerzas; es un dicho popular que Esopo lo puso en fábula de la siguiente manera:

Hacen nido las alondras cuando los trigos están crecidos, esto es, por la época en que todo remueve y ama en este Mundo: monstruos marinos bajo las olas, tigres en los bosques y en los campos alondras. Pero una de éstas había dejado pasar sin amores la mitad de una primavera. Al fin, decidió imitar a Natura a toda costa y ser madre mientras era el tiempo. Construye, pues, un nido, pone, cubre los huevos y a toda prisa los rompe. Todo marchaba a pedir de boca. Los trigos del contorno ya maduros, antes de que sus crías pudieran emprender el vuelo, la alondra, agitada por mil cuidados distintos, parte en busca de comida, aconsejando a sus hijos que estén vigilantes y al acecho.

–Si viene el dueño de este campo con su hijo, y es seguro que vendrá –les dice–, escuchad sus palabras, y según lo que diga nos iremos o nos quedaremos.

En cuanto la alondra dejó su nidada, llega el dueño del campo con su hijo.

–El trigo está maduro –dice–; ve a casa de nuestros amigos y diles que mañana, al despuntar el día, vengan a ayudarnos con sus hoces.

De regreso la alondra, encuentra a su nidada en gran alarma.

–Ha dicho a su hijo –empieza uno– que avisara a sus amigos para ayudarle mañana al levantarse la aurora.

–Si sólo ha dicho eso –repuso la alondra– todavía no tenemos que cambiar de nido. Pero mañana hay que escuchar con cuidado. Y ahora vamos a comer, que aquí traigo comida.

Una vez comidos, todos se duermen, la madre y los pequeñuelos. Llega el alba del nuevo día, y no aparece ningún amigo del amo. Emprende el vuelo la alondra, y el amo viene como todos los días.

–Estos trigos ya no debían estar tiesos –dice–. Yerran nuestros amigos, y yerra quien se confía en esos vagos, tan tardos para hacer un favor. Ve, hijo mío, a casa de nuestros parientes y pídeles lo mismo.

El espanto en el nido es mayor que nunca.

–¡Madre! –exclaman–. Ha dicho que sus parientes, a la misma hora...

–No temáis, hijos míos; dormid en paz y no nos movamos de nuestra vivienda.

La alondra tuvo razón nuevamente, pues nadie se presentó con la aurora. El amo, por tercera vez, fue a ver sus trigos.

–¡Grande es nuestro yerro confiando en otros! No hay mejor amigo ni pariente que uno mismo. Aprende esto bien, hijo mío. Desde mañana, nosotros y nuestra familia cogeremos cada uno una hoz y acabaremos la siega cuando diga Dios.

Cuando la alondra lo supo, entonces dijo:

–¡Ahora sí que debemos marcharnos, hijos míos!

Y los pequeñuelos, haciendo volantines y dándose trompicones, desalojaron el nido a la chita callando.

EL PESCADOR Y EL PECECILLO

El menudo pececillo, si Dios le guarda la vida, será mañana un gran pez; pero repito locura soltarle, pensando pescarlo de nuevo, cosa muy poco segura.

Desde la orilla de un río, un pescador cogió una carpa de escaso tamaño todavía.

–También hace número –dijo el hombre viendo su pesca–: entremés para un festín. Bueno, al cesto.

La pobre carpa le dijo en su lenguaje:

–¿De qué te serviré, infeliz de mí? ¡Ni medio bocado podrás sacarme! Espera que sea una carpa verdadera, y entonces, pescándome de nuevo, encontrarás algún paladar delicado que me compre a buen precio; mientras que ahora necesitas pescar aún otras cien como yo para poder freír un plato. ¡Y qué plato! ¡Una verdadera miseria!

–¿Conque una miseria? –replicó el pescador–. Predicas con mucha elocuencia, amiguita; pero de todos modos, a pesar de tu discurso, esta noche irás a la sartén.

Vale más un pájaro en la mano que ciento volando. El primero es seguro y los otros no.

EL LEÑADOR Y MERCURIO

Un leñador perdió el hacha con que ganaba su sustento, sin hallarla por más que la buscó. ¡Piedad causaba oírle! Ninguna otra herramienta poseía para venderla: en aquélla consistía todo su bien. Y el pobre leñador, sin esperanza alguna, mostraba su semblante bañado en lágrimas.

–¡Oh Júpiter! –exclamaba– ¡Devuélveme el hacha, y una vez más te deberé la vida!

Oyeron su queja en el Olimpo. Bajó Mercurio a la tierra.

–Tu hacha no se ha perdido –le dijo este dios–. ¿La reconocerás tú? Creo haberla encontrado no lejos de aquí.

Entonces enseña al leñador un hacha de oro.

–No es ésta la mía –responde el hombre.

Tras la de oro le enseña una de plata, y también la rechaza. Por fin, le muestra una de hierro.

–¡Esta es la mía! –exclama–. ¡Oh, qué alegría volver a tenerla!

–Las tres serán tuyas en pago de tu honradez –dícele el dios.

–En ese caso las acepto –responde el leñador.

La Fama propaga la historia, los leñadores a propio intento pierden sus hachas y gritan para que se las devuelvan de oro y plata. El rey de los dioses, sin saber a cuál escuchar primero, envía nuevamente a su hijo Mercurio. Este enseña a cada uno un hacha de oro, todos creerían pasar por necios si no exclamaban al instante: «¡Es ésta!» Pero Mercurio, en lugar de dársela, les descarga un gran porrazo en la cabeza.

No mentir, contentarse con lo propio es lo más seguro; más, por ansia de riqueza, los mortales inventan falsedades. ¿Y de qué les sirve? ¡A Júpiter no se le engaña!

LA VIEJA Y LAS DOS CRIADAS

Hubo una vieja que tenía dos doncellas tan buenas hiladoras, que las hermanas hilanderas[1] a su lado no hacían más que enredar el hilo: No tenía la vieja mayor cuidado que repartir la labor a las dos criadas. Desde que Tetis[2] arrojaba a Febo, el de las doradas crines, torno y rueca estaban en movimiento. ¡Hilad, hilad; no os faltará tarea! Ni un respiro, ni un descanso.

Desde que la Aurora, digo, estaba en su carro el cielo, un miserable gallo cantaba la hora todos los días. En seguida nuestra vieja, aún más miserable, poniéndose una falda grasienta y detestable, encendía un quinqué y corría a la cama donde, a pierna suelta, dormían las dos míseras doncellas. Una abría un ojo; otra estiraba un brazo, y entrambas, muy disgustadas, mascullaban entre dientes:

—¡Maldito gallo! ¡Tienes que morir de mala muerte!

Y como lo decían lo hicieron: el gallo madrugador apareció con la garganta cortada. Pero no remedió este crimen su triste situación. Al revés. Apenas la pareja se había acostado, la vieja infernal, temiendo que pasara la hora, corría como un duende por toda la casa. De igual manera, sucede muy a menudo que cuando pensamos salir de un mal asunto, aún nos hundimos más en él. Testimonio esas dos criadas que mataron al gallo.

1. Las hermanas hilanderas: las tres Parcas, soberanas de la vida del hombre, cuya trama hilan hasta que Atropos (la tercera) corta el hilo.

2. Tetis: diosa del mar. Según los antiguos, el sol, por la noche, penetraba en el mar, de ahí la imagen: desde que Tetis arrojaba a Febo, esto es, desde que el sol volvía a levantarse por la mañana del mar.

EL CABALLO Y EL LOBO

Llegada la estación en que las cálidas brisas reverdecen la hierba y en que los animales abandonan sus guaridas para buscar el alimento, un lobo, saliendo de los rigores del invierno, divisó a un caballo pastando en una pradera. Déjoos pensar en su alegría.

–¡Soberbio bocado para quien te pille! ¡Ah, si fueras cordero, qué seguro te tenía! –pensaba el lobo–. Tendremos que valernos de la astucia. ¡La presa se lo merece!

Dicho y hecho: se acerca a pasos contados y dícese discípulo de Galeno, conocedor de las virtudes y propiedades de todas las plantas de aquellos prados, apto para curar, sin alabarse por ello, toda suerte de enfermedades. Por tanto, si el caballo quería decirle sus padecimientos, le curaría gratis lo que tuviera, pues, según la medicina, verle así, sin ningún vendaje, atestiguaba la existencia de algún mal oculto.

–Pues tengo –dijo el caballo– un tumor en el pío.

–Hijo mío –responde el doctor–, no hay otra parte del cuerpo tan susceptible de padecimiento; pero aquí estoy yo, acostumbrado a tratar a señores de tu alcurnia y conocedor de la cirugía.

Trataba nuestro lobo de ganar tiempo, para ver por dónde podía echar el diente al supuesto enfermo; mas éste, que lo sospechaba, le lanza una coz que convierte en tortilla sus dientes y mandíbulas.

–Me lo he merecido –reflexionaba después el lobo muy triste–: zapatero a tus zapatos. ¡Quieres hacer de herbolario, y no pasas de hachero!

LA GALLINA DE LOS HUEVOS DE ORO

La avaricia rompe el saco. No necesito otro ejemplo que el de aquel hombre, que según cuenta la fábula, tenía una gallina que todos los días le ponía un huevo de oro.

El rústico pensó que dentro de su cuerpo tenía un tesoro. La mató, pues, la abrió y encontró que por dentro era igual que aquellas que le ponían huevos ordinarios. Y así él mismo se privó de su fortuna.

¡Hermosa lección para los avaros! ¿Cuántos hemos visto que en estos últimos tiempos de la noche a la mañana de ricos se han visto pobres por querer ser lo primero con exceso?

EL CIERVO Y LA VIÑA

A favor de una viña muy crecida, como sólo se ven en ciertos climas, un ciervo perseguido pudo, ocultándose, salvar la vida. Los cazadores, creyendo despistados a sus perros, los llaman y se retiran. Mas el ciervo, viéndose sin peligro, empieza, «¡Oh negra ingratitud!», a morder las hojas de su bienhechora. Oyen los cazadores el ruido, vuelven la cabeza, y el necio encuentra allí mismo la muerte.

–He merecido –dice– tan justo castigo. ¡Aprovechar la lección, ingratos!

Vanas fueron sus súplicas a los cazadores, al sentirse destrozar por la jauría.

¡Verídica imagen de los que profanan el asilo que los recogiera!

EL AGUILA Y EL BUHO

El águila y el búho dieron por terminadas sus disputas, y tanto y tan bien lo hicieron, que acabaron por besarse. Juró la una a fe de reina, y el otro juró a fe de búho el pacto de su alianza: que ninguno del otro devoraría los pequeñuelos.

–¿Conoces los míos? –preguntó el pájaro a Minerva.

–No –repuso el águila.

–Tanto peor para mí –replicó el pájaro triste–, pues tiemblo en tal caso por su pellejo. ¡Azar será si los conservo! Como eres reina, nada respetas: reyes y dioses meten a todo el mundo, dígase lo que se quiera, en el mismo saco. ¡Adiós mis pequeñuelos si los encuentras!

–Explícame cómo son o enséñamelos –dijo el águila–, y te juro que no los tocaré en mi vida.

–Mis hijos son un encanto, hermosos, bien formados, mucho más lindos que todos sus compañeros. Con estas señas, los reconocerás en seguida. ino lo olvides, no quiera la Parca maldita entrar en mi casa por tu conducto!

Sucedió que Dios dio al búho progenitura. Y un anochecer que el águila andaba a la caza de alimento, vio en los recovecos de una dura roca o en los agujeros de una casucha (no estoy seguro del sitio) a unos minúsculos monstruos de horrible aspecto, tristes y resignados, con una voz más que fea.

–Estas crías no son de mi amigo –dijo el águila–; pues al buche.

No se anduvo con chiquitas la reina de los aires: sus comidas no son comidas ligeras. De regreso el búho, sólo encontró los pies de sus amados pequeñuelos. Al cielo eleva sus clamores, pidiendo el castigo del criminal causante de su duelo. Y entonces alguien le dice:

–Acúsate a ti mismo de tu desdicha, o mejor, a la ley común que nos hace ver a los nuestros hermosos, bien formados, superiores a todos. Al águila hiciste de tus hijos este retrato. ¿Y en qué se parecían?

EL OSO Y LOS DOS COMPAÑEROS

Dos amigos faltos de dinero vendieron a su vecino peletero la piel de un oso que aún estaba vivo, pero al que pensaban matar en seguida; eso al menos decían.

Con la piel tan maravillosa el mercader iba a ganar una fortuna: el frío más tenaz nada podría contra ella, y en lugar de forrar un gabán, sin duda, dos forraría.

Comprométense a entregarla a más tardar en dos días, y convenido el precio, ambos se ponen en camino.

De repente encuentran al oso, que avanza hacia ellos al trote. Los dos ganapanes se quedan como heridos por el rayo. El trato quedó deshecho. Ninguno pensó reclamar al oso daños y perjuicios. Uno de los compadres trepa rápido a la copa de un árbol oportuno. El otro, más frío que el mármol, se arroja al suelo y, habiéndolo oído decir que el oso no quiere tratos con un cuerpo sin sangre, sin aliento, sin vida, hácese el muerto, contiene la respiración, y el oso cae en la trampa como un tonto. Ve su cuerpo por tierra; le cree privado de vida, aunque, por temor a un engaño, le mueve y le remueve, acércale su hocico para ver si respira.

–Esto es un cadáver –dice–; marchémonos, que ya huele.

Desaparece el oso en el bosque cercano. El cazador del árbol en seguida desciende. Corre junto a su compañero y dícele que es una maravilla que todo haya quedado en el susto.

–Pero ¿y la piel del oso? –exclama– ¿Qué te ha dicho al oído cuando se te acercaba tanto?

–Me ha dicho –responde su compañero– que no se debe jamás vender la piel del oso antes de tenerlo tendido en tierra.

EL RUSTICO Y LA VIBORA

Cuenta Esopo que un rústico, tan caritativo como imprudente, paseándose un día de invierno por los campos de su heredad, divisó una víbora tendida sobre la nieve; el animal estaba transido, helado, sin movimiento, con poco menos de un cuarto de hora de vida.

Cógela el labrador y la lleva a su vivienda, sin pararse a pensar en el pago de acción tan meritoria. Allí la tiende junto al hogar, le da calor, la resucita. Apenas el animal entorpecido recobra el ánimo, con éste vuelve su furia. Alza ligeramente la cabeza, silba al instante y, retrocediendo un trecho, trata de dar un salto hacia su bienhechor, su salvador y su padre.

–¡Ingrata! –exclama el rústico–. ¿Ese es el pago que me das? ¡Pues vas a morir al momento!

Y diciendo estas palabras, lleno de justa ira, coge el hacha y con dos golpes convierte en tres a la víbora: el tronco, la cola y la cabeza. El animal en vano intenta, con sus saltitos, reunirse en uno de nuevo.

Bien está la caridad: más ¿para quién? La cuestión es ésa. En cuanto a los ingratos, ni uno sólo deja de morir miserablemente.

EL LEON ENFERMO Y LA ZORRA

Por orden del rey de los cuadrúpedos, enfermo entonces en su cueva, hízose saber a todos sus vasallos que cada pueblo tenía que enviar una embajada en visita, bajo promesa de tratar con respeto a los diputados y sus acompañantes. Palabra de león, y rubricada; pasaporte excelente contra dientes y contra garras.

Cúmplese el edicto del príncipe: cada especie le envía un diputado. Sólo las zorras se quedan en su casa. Y una de ellas les da esta razón:

—Mirad en el polvo las huellas de los que van a rendirle pleitesía al enfermo.

Todas miran hacia la cueva: ni una huella de regreso.

—Muchas gracias por su salvoconducto; pero Su Majestad nos dispense. Veo muy bien cómo se entra en la cueva, pero no veo cómo se sale.

LA CARRETA ATASCADA

Al faetón[1] de un vehículo de heno se le atascó el carro. El hombre se hallaba bastante lejos de toda ayuda, en pleno campo. Para ayudar al carro atascado en lugar tan poco propicio, nuestro carretero reniega y jura cuanto puede, maldiciendo en su furor extremo ora contra los charcos, ora contra las bestias, ora contra el carro y hasta contra él mismo. Al fin, invoca al dios cuyos trabajos son famosos en el mundo entero.

–¡Oh Hércules –le dice–; ayúdame! Si tu espalda ha sostenido el cielo, tu brazo podrá sacarme de este sitio.

Terminada su plegaria; oye desde las nubes una voz que le habló de esta manera:

–Hércules exige que primero se sude; luego ayuda a los hombres. Busca la piedra que te detiene; quita de alrededor de las ruedas ese maldito barro que sube hasta el eje; coge tu pico y parte el pedrusco que te estorba; llena, en cambio ese surco. ¿Lo has hecho ya?

–Sí –contesta el hombre.

–Bien; voy a ayudarte –dice la voz–; coge la vara.

–Ya la tengo. ¿Qué es esto? ¿El carro marcha? ¡Alabado sea Hércules!

Y la voz entonces:

–Ya has visto cómo las bestias han salido fácilmente del atasco.

Ayúdate, que el cielo te ayudará.

1. Faetón: cochero. Faetón, hijo del Sol, condujo un día el carro de su padre a través del Universo, y estuvo a punto de prenderle fuego. (Mitología).

LA VIUDA JOVEN

Perder un dulce esposo, cuesta muchos suspiros. Grande es el llanto, pero, al fin, llega el consuelo: sobre las alas del Tiempo, vuela a otras tierras la tristeza, y el mismo Tiempo se encarga de que vuelvan los placeres.

Entre la viuda de hoy y la viuda de aquí a un año, la diferencia es notable: nadie creería que se trata de la misma persona. Una ahuyenta a las gentes; la otra las atrae con sus mil encantos. A los suspiros ciertos o falsos, aquélla se abandona: siempre la misma nota y semejantes palabras. Dícese que es inconsolable; dícese, pero no lo parece, como se verá por esta fábula, o, mejor dicho, por esta historia verdadera.

El marido de una joven belleza disponíase a partir para el otro mundo. Gritábale a su lado la joven esposa:

—¡Espérame y te sigo! ¡Mi alma está dispuesta a volar con la tuya!

El marido hizo solo el viaje. La hermosa tenía un padre sesudo y discreto, que dejó correr de su llanto el torrente. Al fin, le dijo para consolarla:

—Hija mía, ¿a qué vienen tantas lágrimas? ¿Necesita el difunto que abismes tus encantos? Quedando aún hombres vivos, no pienses más en los muertos. No digo yo que ahora mismo una proposición mejor cambie en bodas tus dolores; pero pasado cierto tiempo permíteme que te proponga un guapo esposo, joven, buen mozo y, en todo, muy distinto al difunto.

—¡Ay —repuso la viuda al instante—, un claustro es el esposo que necesito!

Dejóla el padre digerir su desgracia. Pasó un mes. El mes siguiente transcurrió en cambiar todos los días un detalle del vestido, de la ropa, del peinado; el duelo, al fin, en adorno se convierte, en espera de otros atavíos. La tropa entera de los Amorcillos retorna al palomar: a juegos, risas y bailes les llega al cabo su turno. Día y noche la hermosa se baña en la fuente de Juvencio[1].

Ya el padre no teme al difunto olvidado. Mas como nada decía a nuestra bella, ésta le pregunta:

—¿Dónde está ese joven marido que me habías prometido?

---

(1) La mitológica fuente de Juvencio —ninfa transformada por Júpiter en fontana— tenía la virtud de rejuvenecer a los que se bañaban en ella.

EL ROBLE Y LA CAÑA

–Tienes razón –dijo un día el roble a la caña– acusando a Natura: un jilguerillo es para ti carga pesada; un vientecillo ligero que apenas arruga el espejo del agua te obliga a bajar la cabeza. En cambio mi frente, al Cáucaso parecida, no contenta con detener los rayos del sol, desafía la fuerza de la tormenta. Todo para ti es un aquilón, y para mí, una brisa. ¡Si aun nacieras al abrigo de mi planta, no sufrirías tanto, pues yo te defendería de las tormentas! Pero sueles nacer en las húmedas fronteras del reino de los vientos. ¡Injusta contigo me parece la Naturaleza!

–Tu compasión –respondió la caña– descubre tus buenos sentimientos, mas no te preocupes: los vientos son para mí menos temibles que a ti mismo, porque me doblo, pero no me rompo. Tú, hasta ahora, es cierto, has resistido sus guantadas terribles sin doblar la espina, pero esperemos el fin.

Al decir estas palabras, del horizonte profundo corre furioso el más terrible de los vientos del Norte. El árbol resiste; la caña se pliega. Redobla el viento sus esfuerzos con tal saña, que arranca de raíz a aquel cuya cabeza avecina con el cielo y cuyos pies penetran en el reino de la muerte.

EL AVARO QUE PERDIO SU TESORO

Sólo el goce constituye la posesión. Pregunto a aquéllos cuya mayor pasión es la de amontonar dinero y más dinero: ¿qué beneficio conocen que no conozca otro hombre cualquiera? Tan rico es Diógenes en los infiernos, como en la tierra el avaro andrajoso. El hombre que enterró un tesoro y del que nos habla Esopo nos servirá de ejemplo.

Este infeliz esperaba una segunda vida para disfrutar de su fortuna. No poseía el desdichado el oro, sino que el oro lo poseía. Tenía su tesoro oculto en la tierra, y con él su corazón, no conociendo otro placer que pensar en aquél noche y día. Dondequiera que fuese, estuviera comiendo o bebiendo, no se le hubiera cogido un instante sin que pensara en el lugar donde tenía soterrado su dinero. Tantas idas y venidas, hicieron que le viese un sepulturero y, descubriendo su tesoro, lo desenterrara sin ser visto.

Nuestro avaro, al volver, halló sólo el agujero. El desdichado llora y se desespera, gimotea y suspira, atormentándose y se mesa el cabello. Pregúntale un caminante el motivo de sus gritos.

—¡Me han robado mi tesoro!

—¿Vuestro tesoro? ¿Y dónde?

—Ahí, al pie de esa piedra.

—¿Tal vez estamos en guerra, buen hombre, para esconderlo tan lejos? ¿No habrías sido más sensato guardándolo en vuestra casa y no en este sitio? Allí a cada instante hubierais podido retirar cómodamente lo necesario.

—¿Retirar lo necesario, santos dioses? ¿Es que viene el dinero como se va? ¡Nunca cogía nada!

—Pues entonces, ¿a qué viene afligiros tanto? —replicó el hombre—. ¡Si nunca tocabais ese dinero, poned en su sitio una piedra y os hará igual servicio!

EL CIERVO QUE SE VEIA EN EL AGUA

Mirándose cierto día en el cristal de una fuente, un ciervo alababa la belleza de sus cuernos, soportando con tristeza la vista de sus delgadas piernas, cuyo reflejo se perdía en la onda cristalina.

. –¡Qué desproporción entre mis pies y mi cabeza! –decía contemplando su imagen con dolor–. A los arbustos más altos, mi frente llega; pero mis pies son una vergüenza.

Mientras así hablaba un sabueso se le echa encima; trata de ponerse a salvo, y hacia los bosques huye. Pero sus cuernos, ornato lamentable, a cada instante le retienen, estropeando el servicio que le prestan las piernas, de quienes sus días dependen. Desdícese entonces y maldice el presente que todos los años le hace el cielo.

Estimamos lo bello y despreciamos lo útil. Lo bello a menudo causa nuestra pérdida: el ciervo censura los pies que le hacen ligero, y alaba los cuernos que le perjudican.

LAS VENTAJAS DE LA CIENCIA

Entre dos coetáneos burgueses
armóse una vez tal pitote,
que a punto estuvieron los palos
de molerles las espaldas y empujarlos
haciendo «eses».
Mas se impuso la cordura
que siempre fue la burguesía enseña de la finura.
Uno de los contendientes
escupía billetes hasta por los dientes.
El otro, en caudales lento,
derrochaba harto talento.
La cuestión se resumía en un hecho muy concreto:
el acaudalado asegura, en pro de su posición,
que la ciudad entera le debía sumisión.
Defendiendo el desheredado que del mundo la inteligencia
era la más y mejor ciencia;
y que sólo de vasallaje rito
podía rendirse al erudito.
«No hay más poder que el metal, dijo el fatuo ricachón,
y no existe sabiduría que pueda alcanzar a tal».
«Cuanto me otorga la ciencia, repuso el desheredado,
no lo váis a comprar vos con dinero ni paciencia».
Entanto la discusión vino a calmarla por mal
una lluvia torrencial,
y un viento devastador,
convirtiendo la ciudad
en desierto potencial,
nada esperanzador.
La gente, con o sin dinero,
¡pies para que os quiero!
Y hasta los de la polémica
corrían cual fiebre endémica.
Y en aquella veloz huida
de ribete suicida,
millonario y desheredado,
ignorante e inteligente,
obligados perseguían el amparo de la gente.
Al patriarca del metal, otrora despectivo,
perengano y fulano de tal, le pasaron el recibo...
«¡Compra auxilio con tu oro, viejo avaro,
aquí los millonarios carecen de todo amparo!»
Sin embargo a su adversario
lo auxiliaron a diario.
De esta guisa aprendió la suficiencia
una de las ventajas de la ciencia.

EL HOROSCOPO

Ocurre con frecuencia que queriendo esquivar al destino,
se le encuentra por el camino menos esperado.
Un padre que estaba (como todos) muy preocupado
por el porvenir de su hijo, consultó a varios astrólogos.
Uno de ellos le aconsejó que lo mantuviera lejos
de los leones hasta la adolescencia,
pues era lo que aconsejaban las estrellas y la prudencia.
El padre, decidido a seguir al pie de la letra
aquellas indicaciones, mando a los criados que
no dejaran salir de la casa al muchacho, diciendo:
Dentro del hogar también puede hallar el modo de solazarse.
Pero el muchacho creció, ¡y mira por dónde!,
con el creció también la afición por la caza.
Quizá porque aquélla, de algún modo, era la culpable
de su encierro y confinamiento.
De esta guisa y sintiendo arder la sangre joven
en sus venas, decidió el mozalbete escapar.
Y en su precipitada y feliz huida, corriendo alegre
por el bosque, he aquí, ¡que fue a dar de bruces con un león!
Esto le encoraginó, y mirando furioso al rey de
la selva, le espetó: *¡Ah bestia maldita! ¿Así que*
es por tu culpa que tantos años me he visto confinado...?
Y dichas estas palabras, y movido por la fuerza
de la indignación, y de la rabia, sin pensarlo
ni una sola vez,
la emprendió a puñetazo limpio con el temible melenudo.
Pero en realidad no se trataba más que de un sueño,
producido por la obsesión que en el muchacho
habían creado aquellos largos años de clausura.
Y lo que en verdad estaba haciendo era pelear contra
el león pintado en uno de los tapices que decoraban
su estancia, su *cárcel*.
Debajo del tapiz contra el que luchaba ardorosamente
el joven confinado, había un largo clavo,
herrumbroso y afilado,
con el cual se produjo el mancebo un profundo corte,
por el que, a causa de la inmediata infección, iba
a escapársele la vida.
Había querido el padre librarle de los leones
de acuerdo con las predicciones pías
de los versados en astrología,
pero el joven tenía su sino
y ni las predicciones pudieron hurtarle a su fatal destino.

EL MALCASADO

Si lo bueno resultase siempre camarada de lo viejo
mañana mismo me casaría;
pero como el divorcio entrambos va por viejo,
y es raro hallar cuerpo y alma en armonía,
aconseja la prudencia,
mantenerse en soltería.
Un caso contaré a la audiencia para ilustrarla
en este tipo de sentencia.
El caso de un marido atribulado,
sin recursos morales,
destrozado,
que no sabía que hacerse
para la mujer deshacerse.
Ella era liosa, sibilina, vengativa,
¡y hasta celosa!
Nada la satisfacía, todo lo encontraba mal,
cuanto se hallaba en su entorno
parecíale desigual.
Al marido, tanta estupidez y suficiencia,
le agotó un buen día la paciencia.
Y tras «empaquetar» a la comadre, de un sonoro puntapié
se la devolvió a su madre.
Transcurrido un plazo prudencial,
el marido, que lo era cabal,
suponiéndola apaciguada,
fue de nuevo en busca de su desposada.
Mas estaba equivocado
porque aquel lapso de ausencia,
la había mucho excitado
en furor y efervescencia.
Tras escuchar retahíla de insultos
y de reproches,
sabiéndose fracasado,
dio media vuelta el varón,
el paciente mal casado,
y puso rumbo a la estación.
Regresó a su lugar de origen
pensando con desconsuelo
que en el matrimonio errado
encuentra el hombre la hiel
cual de haberse suicidado.

EL GALLO Y EL ZORRO

En la rama de un árbol estaba de centinela
un Gallo de espolón
con muchísima intuición.
«Hermano, le dijo el Zorro desde abajo,
no seas tan resabido, baja, dame la mano,
y dejemos el asunto cancelado».
Viendo que el cantor del alba se resistía,
desplegó el Zorro toda su sutil cortesía:
«De seguir por esos bosques voy a sentirme incapaz,
si te obstinas y no accedes a concederme la paz».
El Gallo, curtido en mil batallas,
y conociendo del otro la sutileza y perfidia
poco dispuesto estaba
a convertirse en «toro de lidia».
«No sabes, le respondió,
lo muy feliz que me haces,
cuando te oigo decir que debemos hacer las paces.
Pero... ¡qué veo, amigo Zorro!
¡Por allá se acercan dos liebres igualitas
corriendo como malditas!
¡En menos de un santiamén
cruzarán por el terraplén!
¿Qué te parece si las llamamos, para que sean
testigos,
de cómo nos damos las manos?
Pero el Zorro, relamiéndose el bigote
y sintiendo en el estómago fiebre,
al pensar en una y otra liebre,
del Gallo se desentendió, diciendo:
«Guardemos para mejor momento
nuestro abrazo de contento.
Ahora me urge un asunto,
que he de solucionar al punto».
Y salió de allí como un rayo
en pos del vil engaño,
porque la pareja de roedores
sólo habían existido en la mente del Gallo.
Quien, riéndose de su propio miedo,
al ver alejarse al Zorro, se dijo a sí mismo:
No hay plato de mejor saborear
que dar de comer «un engaño»
al que te quiere engañar.

ÍNDICE